G.S.

Apocalypse

Livre II

l'Aventure crétoise

À l'été torride (dans tous les sens du terme) avait succédé un automne pluvieux et morose. D'autant plus que Théophile, à peine sorti de l'hôpital, avait dû enchaîner avec ses études de sciences à la fac. Quoi de plus banal après un bac S ! La situation n'était pas sans rappeler à Théophile celle qu'il avait connue un an auparavant. Il avait certes troqué la corde au cou contre une balle dans la jambe, sa carotide contre son artère fémorale, mais s'était au final retrouvé dans le coma à l'hôpital. Pensant sa fin imminente, il s'était à chaque fois réveillé d'un séjour en enfer, confirmant ainsi l'adage biblique : « Tu ne sauras jamais ni le jour, ni l'heure ». Comme la première fois, son amie d'enfance, Isabelle, lui avait rendu visite durant sa convalescence. Et comme la fois précédente, il n'avait pas trouvé mieux que de l'envoyer promener. Pour une raison qui lui échappait, Théophile ressentait depuis toujours une certaine gêne en sa présence. Il s'en voulait tout de même un peu d'avoir été si rude, mais mieux valait laisser courir que s'excuser. Une attitude qui ne convenait pas à sa mère. La pauvre Marie avait bien de la peine à rire des propos, empreints d'une certaine sagesse, de sa collègue de bureau : « Les enfants, c'est dix secondes de plaisir et trente ans d'emmerdements ». Elle essayait tant bien que mal de retrouver son fils mais elle ne voyait plus qu'un étranger. Les yeux bleus du jeune homme semblaient éteints et froids. Sa nature tranquille, apaisée, douce, avait laissé place à la dureté, l'antipathie et la tristesse. Le père de Théophile faisait intérieurement le même constat, mais se gardait bien d'en parler pour ne pas raviver la souffrance de son épouse. Michel se disait qu'il fallait bien que jeunesse se passe et que son fils changerait encore. Il restait en revanche dubitatif quant au résultat de ce changement. Il se souvenait clairement des propos du médecin suite à la tentative de suicide du jeune homme : certaines zones du cerveau, du fait d'une asphyxie prolongée, pouvaient avoir été irrémédiablement lésées. Ainsi étaient nés certains sociopathes tueurs en série. L'épisode de Ségestron ne laissait à ce sujet rien présager de bon. Michel et Marie avaient été horrifiés par les actes criminels commis par leur fils. Mais Théophile était leur enfant chéri, leur unique enfant. En outre, il était une fois de plus entre la vie et la mort. Aussi avaient-ils supplié le préfet de police de ne pas être trop dur envers leur petit garçon. Le préfet ne s'était pas fait prier pour passer sous silence l'intervention du jeune homme. À cela, plusieurs raisons. Tout d'abord, comment expliquer à un juge la présence d'un adolescent au milieu d'une opération militaire ? Il aurait fallu parler de sa fille illégitime et du viol de sa mère. Par ailleurs, tout allait pour le mieux pour notre brave policier. Il était présenté comme l'un des héros de la lutte contre la maffia et le terrorisme. Pour couronner le tout, son « amie » avait accepté de l'épouser. Tous les deux se connaissaient depuis le lycée, il avait subvenu à ses besoins, l'avait soutenu après son viol et s'était occupé de la petite « comme si » elle était sa propre fille. Et pour cause ! Alors pourquoi s'ennuyer à parler de Théophile à ses supérieurs ?

Pour le plus grand soulagement de ses parents, le jeune homme allait donc pouvoir poursuivre sa route sans encombre et peut-être trouver sa voie à l'université. Fin septembre, les cours débutaient et Théophile s'en fichait ! Le plus intéressant à la fac, selon lui, c'était les horaires particulièrement légers et le laxisme universitaire. Tout cela lui laissait le loisir d'aller à sa guise au château de Ségestron. Là-bas aussi les choses bougeaient. Rodolphe le Maudit, incapable de comprendre ou parler le français moderne, avait suivi, à sa manière, les conseils de son jeune sauveur. Il avait enlevé et séquestré l'institutrice du village. Celle-ci, ironie de la vie, se prénommait Sabine, un nom prédestiné. Tout comme les voisines de Rome, elle se retrouvait prisonnière d'un homme s'exprimant en latin. Quoique ce latin-là eut un accent médiéval. Même si Rodolphe faisait preuve de courtoisie, force lui était d'admettre qu'il ne comprenait rien à cette France moderne. Il avait vu des noirs et des sarrasins déambuler librement dans le village ! Pour la première fois, il avait même aperçu un « jaune » aux yeux bridés. Certes, il avait déjà entendu parler de ces barbares-là, ceux d'Attila, mais c'était bien avant sa naissance. Et ce n'était pas tout ! Il n'y avait plus de curé permanent à l'église. Le prêtre ne passait plus qu'une fois par semaine. Le village ne ressemblait plus à rien avec ces matériaux modernes dénués d'âme, même si le bitume était plus agréable que les chemins de terre boueux. Et puis où étaient les animaux de ferme ? Pas un cheval ou une vache, à peine deux ou trois poules. Et puis tous ces engins à moteur au bruit nauséabond ! Seul point positif, les vêtements : plus pratiques, plus sexy mais beaucoup moins résistants. Même l'argent avait disparu : les pièces de monnaie en or ou en argent avaient laissé la place à des rectangles de papier.

Quelque peu perdu dans ce monde nouveau pour lui, Rodolphe avait accueilli le jeune Théophile avec soulagement. Ce dernier avait d'abord arrangé les choses avec l'institutrice. Pour cela, il avait dû inventer une histoire ubuesque (mais plus un mensonge est gros et mieux il passe, n'est-ce pas?). Rodolphe était un ancien soldat auquel sa mère, latiniste à ses heures, avait enseigné le latin durant son enfance. Suite à une blessure de guerre, il avait perdu l'usage du français et ne pouvait plus communiquer qu'en latin. Son hippocampe, atteint par un shrapnel, avait été endommagé de manière irréversible. Ayant fait un bel héritage, il s'était offert ce château en ruine avec pour objectif de le rénover. Traumatisé par ses difficultés à communiquer, Rodolphe s'était comporté en rustre envers la jeune institutrice, mais il n'avait pas mauvais fond et regrettait son emportement. Sabine fut émue par cette histoire bouleversante et décida, d'une part de ne pas porter plainte, et d'autre part de prendre le temps de « réapprendre » le français à son ancien geôlier. Léon Pitone, décédé sans héritier, le château était revenu au service des domaines de l'état, et Rodolphe avait pu le racheter avec l'argent ... du défunt propriétaire ! Théophile avait bien évidemment tout géré et notamment la demande d'une nouvelle carte d'identité (le jeune homme s'était découvert des talents de faussaire pour l'occasion). Le nouveau châtelain et le jeune étudiant étaient liés à la fois par une certaine complicité et une complémentarité. Le premier évoquait le passé et le second décrivait le présent : tous deux aimaient découvrir des mondes inconnus. Théophile participait souvent aux travaux de reconstruction, selon la tradition, mais avec du mortier moderne et une bétonnière thermique. La maçonnerie occupait son esprit, le détournant de ce sentiment de vide qui, décidément, refusait de le quitter. Il sentait qu'il désirait construire quelque chose, mais quoi ? D'un autre côté, le Grünbauer attendait autre chose de lui. C'était d'ailleurs un point d'achoppement avec Rodolphe.

« Toute cette histoire de démons germaniques m'ennuie, et je reste poli ! lança Théophile.

- Tu as été choisi pour cette mission. Je ne vois pas où est le problème.

- Le problème c'est que je ne suis pas de taille ! D'abord, il s'agit d'une affaire qui me dépasse et ne me concerne pas. Je ne vois pas ce que j'ai à gagner dans ces luttes de pouvoir entre démons. Ensuite, si des démons aussi puissants se sont fait piéger, je ne vois pas comment un simple mortel comme moi peut réussir.

- En réponse à ton premier point, je te rappelle que tu es bel et bien concerné. L'ancien Diable, Lucifer, était protégé par sept démons germaniques surpuissants...

- ... ils furent tous envoyés dans des missions suicides sur les conseils de l'archange Nacht qui travaillait en fait pour Satan, le frère de Lucifer. Sans sa garde rapprochée, Lucifer fut finalement vaincu par Satan qui prit sa place sur le trône des Enfers. Je connais l'histoire, merci, coupa sèchement Théophile.

- Et quand Satan a-t-il pris les rennes du pouvoir ?

- Vers mil quatre cent, pourquoi ?

- Parce que c'est à partir de là que la science va prendre son envol. Lucifer savait que la science était dangereuse et qu'elle risquait d'affaiblir l'Église et donc le monde démoniaque. C'est pourquoi il ordonnait à ses sbires d'éliminer les scientifiques. C'est pour cela que la majeure partie des connaissances de l'Antiquité grecque ne nous est pas parvenue. Satan, quant à lui, ne poursuivit pas cette politique et c'est ainsi que tu peux t'émerveiller aujourd'hui devant toutes les découvertes et opportunités qu'offre la science.

- Dans ce cas, je devrais remercier Satan au lieu de libérer des démons qui veulent sa perte, rétorqua le jeune homme.

- Ça se tient, mais tu n'as de toute manière pas le choix. Tu as été choisi et je suis sûr que tu es capable d'accomplir ta destinée. »

Ces conversations et les discours fatalistes de Rodolphe avaient le don d'irriter Théophile. Certes, il n'avait pas d'idées sur son avenir, mais pourquoi devrait-il s'empêtrer dans ce méli-mélo politico-militaire vieux de plus de deux mille ans ? Heureusement, Sabine était là pour couper court aux discussions. En effet, Rodolphe se taisait dès qu'il l'entendait approcher à califourchon sur sa pétrolette pétaradante. La jeune institutrice était toujours célibataire. Il est vrai que ses lunettes rondes à la professeur Tournesol et sa tache de vin sur le visage n'attiraient guère que les moqueries. Cependant, à y regarder de plus près, elle avait un charme certain. Ses yeux pétillaient d'intelligence et de bonté. Elle enseignait au châtelain avec bienveillance (et patience!) et lui apportait souvent à manger. Elle aimait aussi inspecter l'avancement des travaux et affectionnait les balades dans la forêt attenante au château. Une fille simple appréciant les plaisirs simples, en somme. Au fil des mois, Sabine et Rodolphe s'étaient rapprochés.

À l'automne pluvieux mais doux avait succédé brusquement un hiver glacial peu commun dans le Midi. La route verglacée n'empêchait cependant pas Sabine de venir à pied prodiguer ses cours à la lueur dansante d'un bon feu de bois. Rodolphe fut donc surpris lorsqu'un jour de décembre, peu avant Noël, il ne vit pas « son » institutrice. Inquiet, il descendit donc au village pour apprendre l'horrible nouvelle. La chaudière à mazout de l'école avait explosé embrasant tout le bâtiment. Les élèves et la maîtresse étaient coincés au second étage et les pompiers, bloqués par la neige, tardaient à arriver. Un villageois avait bien amené une échelle mais elle atteignait péniblement le premier étage. Sans hésitation, le châtelain, avec une agilité quasi surnaturelle (sic), escalada la façade en lauzes apparentes pour accéder au second étage. Comme Sabine l'avait exigé, il sortit d'abord les enfants un par un sur son dos puissant. Quand il revint enfin pour l'institutrice, la pièce envahie de fumées suffocantes s'embrasa : une nappe brûlante jaune orangé s'étala en un clin d'œil sur le faux plafond. À la limite de l'asphyxie, Sabine vacilla. Dans un élan fulgurant, Rodolphe attrapa la jeune femme et bondit hors des flammes sous les cris effrayés de la foule. Puis le silence angoissé au moment de l'atterrissage céda la place aux soupirs de soulagement et d'étonnement. Le châtelain, tel un chat, était retombé sur ses deux pieds sans rien se briser. L'histoire aurait pu se terminer comme un roman à l'eau de rose, mais non. Rodolphe refusa courtoisement le baiser de remerciement de Sabine qui reprenait lentement ses esprits. Il lui souffla à l'oreille qu'un honnête homme se doit d'aider sans attendre de récompense. L'enseignante fut alors reconduite chez elle tandis que son preux chevalier s'en retournait chez lui sans prêter attention aux acclamations du public. Tout à la fois stressée par les événements et déçue que son baiser ait été refusé, Sabine ne parvenait pas à trouver le sommeil. Sur un coup de tête, elle décida de rendre une visite nocturne à son élève préféré. Elle suivit donc les pas de Rodolphe dans la neige en direction du château. Il lui semblait que quelque chose n'allait pas, sans pouvoir dire quoi. Le fort lui parut assez effrayant par cette nuit glacée sans lune. Elle pressa le pas pour finalement s'arrêter devant la porte du donjon entièrement restauré. Elle frappa timidement à la lourde porte en chêne massif. Pas de réponse. Elle tapa plus fort. Toujours rien. Un sentiment d'inquiétude irrépressible l'envahit alors. Elle sait instinctivement que ce n'est pas normal et décide d'entrer. À la lueur de sa lampe de poche, elle pénètre dans le donjon non verrouillé et se dirige vers la chambre de l'hôte des lieux. Après avoir poussé doucement la porte, Sabine aperçoit Rodolphe allongé sur son lit non défait. Il porte encore ses habits, son corps semble raide, la peau de son visage est pâle. C'est en prenant sa main glacée qu'elle comprend : il est mort ! Anéantie, dans l'incapacité de joindre quiconque, la jeune femme en larmes s'allonge aux côtés de Rodolphe et finit par tomber dans les bras de Morphée.

Au matin, la neige tombe à gros flocons lorsque l'institutrice se réveille à la douce odeur du pain grillé. Sortant péniblement de sa torpeur, Sabine se dirige vers la cuisine, la tête dans le coaltar :

« Bonjour petite marmotte. Le petit déjeuner est servi », annonce une voix gaie et chaleureuse. Ce n'est autre que Rodolphe qui s'adresse à elle en souriant. La jeune femme réclame des explications à ce qu'elle a vu la veille au soir. Le châtelain, dans un éclat de rire, lui assure alors qu'elle a fait un mauvais rêve suite à sa journée éprouvante et la fatigue occasionnée. Après une matinée studieuse et un bon déjeuner mitonné par ses soins, Sabine décide de rentrer chez elle avant que la neige ne se remette à tomber. Sur le chemin du retour, ses pas de la veille ont été recouverts. Cela lui fait prendre conscience de ce qui l'intriguait alors : l'absence de trace de pas de Rodolphe en direction du château. « Il a peut-être pris un raccourci au retour », se dit-elle pensive.

Ses soupçons se renforcèrent au cours des mois qui suivirent. Rodolphe refusa de l'accompagner au loto du village un samedi soir, puis au réveillon de Noël chez elle, idem pour le jour de l'an. Intriguée et un peu vexée, elle était retournée au château de nuit à plusieurs reprises et avait trouvé porte close à chaque fois. En janvier, l'institutrice s'intéressant à l'histoire de Ségestron découvrit le nom de Rodolphe dans une vieille légende locale rapportée au XVIIe siècle.

« Comment veux-tu que je lui explique que, comme le Grünbauer, je me nourris de lumière solaire et que la nuit je suis mort pour cause d'économie d'énergie ? Surtout en hiver avec le raccourcissement des journées.

- Que je te comprends ! répondit Théophile à la complainte du châtelain. Comme disait un de mes collègues au lycée : les hommes et les femmes ne sont pas faits pour vivre ensemble, sauf le soir au lit, et encore. »

Le jeune homme parlait en connaissance de cause. Les événements de l'été précédent avaient eu une conséquence inattendue. Isabelle Artois, pourtant excellente élève en terminale S, avait décidé de s'inscrire en archéologie. La visite du château de Ségestron lui avait fait forte impression. De plus, elle aimait aller à la rencontre des gens, alors pourquoi ne pas s'intéresser aux grands oubliés de l'histoire ? La vie des peuples passés était plus importante pour elle que celle de leurs rois. Bien qu'étudiant dans la même université, les deux jeunes gens ne se voyaient donc guère. Les rares fois où il venait, Théophile se rendait directement à l'aile réservée aux sciences : moins il croisait de monde, mieux c'était. La fin du semestre et l'arrivée des partiels l'obligèrent cependant à passer plus de temps à la fac. Au restaurant universitaire, il croisa son amie d'enfance qui bachotait avec ses collègues. L'un d'entre eux se démarquait des autres : sa peau de sénégalais couleur charbon détonnait au milieu des autres étudiants. Faute de place (et peut-être aussi pour rompre la glace avec Isabelle), Théophile vint s'asseoir à la table des archéologues en herbe.

« Puis-je m'installer ici ? demanda-t-il poliment.

- C'est un lieu public, répondit froidement mademoiselle Artois.

- Je prends cela pour un oui. À ce que je vois, vous bossez dur pour les examens.

- Évidemment ! Tout le monde ne se laisse pas aller comme toi. Si tes parents savaient pour ton absentéisme et ton je-m'en-foutisme.

- Je peux pourtant t'affirmer que je réussirai mes partiels mieux que toi.

- Je parie que tu as volé les sujets.

- Non, je n'en ai pas besoin. Contrairement à toi et tes camarades, je travaille avec intelligence. Je fournis un effort régulier et je ne stresse pas pour les examens : cela me permet de mémoriser mieux et de répondre sereinement aux questions. De plus, je prends le temps de manger pour bien digérer et éviter la boule au ventre durant le contrôle.

- Si tu es venu pour nous snober, tu peux aller déjeuner ailleurs, intervint alors le Sénégalais. Vous autres les matheux, vous pensez être les seuls à bosser et que les autres sont des glandeurs.

- J'ai effectivement des préjugés, mais pas de ce type. Pour tout te dire, je me demandais ce qu'un basané comme toi faisait en classe d'archéologie. Tu t'intéresses à l'esclavage durant l'Antiquité ?

- Raciste avec ça ! Je souhaite participer plus tard à la redécouverte des grands empires africains.

- Encore un partisan de la négritude et du racisme anti-blanc, si je comprends bien. Pourtant, si tu peux étudier aujourd'hui, c'est grâce aux blancs qui ont créé l'école et les technologies de l'information. Ce n'est pas à tes vastes (plutôt que grands) empires africains que tu le dois. Qui est le vrai raciste ici ? »

Sentant l'atmosphère devenir électrique, Isabelle rappela à tous qu'ils s'étaient rassemblés pour réviser et pria Théophile de manger en silence. Celui-ci obtempéra car son plat commençait à refroidir.

Les jours qui suivirent donnèrent raison au jeune Amadès. À la stupéfaction de ses collègues de promotion, il majora brillamment. Toutefois, comme à l'accoutumée, il resta inexpressif : ses excellents résultats enthousiasmèrent ses parents mais pas lui. Après tout, les notes ne sont-elles pas que de l'encre sur du papier ? Sa mère tenta une fois de plus de remédier à sa mélancolie. Ayant appris de madame Artois que sa fille allait en boite de nuit avec des amis pour fêter la fin des partiels, elle supplia Isabelle d'emmener Théophile. Ce dernier, bien malgré lui, se retrouva embrigadé dans cette affaire. Toujours sans permis, il se laissa donc conduire par son amie d'enfance dans une atmosphère un peu tendue pour un samedi soir.

« On est confortablement assis dans la nouvelle voiture de tes parents, commença prudemment Théophile pour briser la glace.

- Écoute-moi bien. J'ai accepté de t'emmener parce que ta mère est très gentille et que la mienne est rassurée par ta présence à mes côtés. Ne m'en veux pas mais je ne suis pas d'humeur à discuter avec toi.

- C'est rare une femme qui ne veut pas parler, rebondit Théophile, taquin. Comme je suis ici contre mon gré également, je peux te comprendre. J'ai juste quatre derniers mots à te dire. Cela fait longtemps que j'y pense, alors puisqu'on est tous les deux seuls, je me lance (et tu peux croire que ça m'est difficile!).

- Que veux-tu me dire ?

- Pardonne-moi et merci. Merci pour ton soutien à l'hôpital et pardon pour mon manque d'empathie à ton égard. »

Isabelle resta sans voix jusqu'à l'arrivée à la boite de nuit.

Tous les étudiants de sa classe attendaient fébrilement devant l'entrée. Tous les ingrédients d'une super soirée étaient réunis : des jeunes gens excités après le stress des partiels, des filles en tenues légères, de la musique, des lumières et de l'alcool. Pourtant, le fils Amadès s'ennuya à mourir. Il resta assis au comptoir à siroter quelques jus de fruits, refusa de danser avec une fille et pensa, un peu comme Blaise Pascal, que tout ce divertissement bruyant ne lui apportait rien. Au moins son chauffeur s'amusait. Elle semblait appréciait son partenaire sur la piste : le fameux Sénégalais. Ce tombeur ne passait pas inaperçu, pour son plus grand malheur. Vers une heure du matin, tandis que la soirée battait son plein et qu'Isabelle, emportée par l'ambiance, avait déjà beaucoup trop bu, une bagarre éclata. Un jeune homme un peu éméché s'en prit au Don Juan noir qui serrait sa petite amie d'un peu trop près. Mais la scène, somme toute classique, prit une tournure inattendue. Cinq jeunes défoncés au LSD et se prenant pour des héros de mangas, sortirent des sabres et se mirent à taillader au hasard. Comme souvent dans ce genre de situation, plus il y a de monde et moins il y a de chance de maîtriser les assaillants. En effet, la panique de masse pousse la foule à fuir. Comme la meilleure défense, c'est l'attaque, la fuite se solde le plus souvent par des blessures ou pire. Tourner le dos à l'ennemi, c'est perdre de vue ses mouvements et ne plus pouvoir les anticiper ou les contrer. Un des videurs, alertés par les cris, finit par intervenir et parvint, non sans mal, à « calmer » l'un des shinobis à la force herculéenne dopée par la drogue. Quant aux quatre autres illuminés, ils eurent la malchance de tomber sur Théophile. De manière tout à fait surprenante, aucun mort ne fut à déplorer mais nombre de jeunes furent marqués à vie, physiquement et psychologiquement. C'est du moins ce que les parents d'Isabelle purent lire dans les journaux du lendemain. En effet, le jeune Amadès, sans attendre l'arrivée de la police, avait ramené la jeune fille chez elle. Ses parents s'étaient alors entendu dire, sans autre explication, que du fait de son fort taux d'alcoolémie, leur fille ne garderait au moins aucun souvenir désagréable de cette soirée (mais attention à la gueule de bois!). Les journalistes mentionnaient aussi l'intervention d'un inconnu rompu aux arts martiaux. Les vidéos de surveillance de la discothèque, de mauvaise qualité, ne permettait pas d'identifier le héros de la soirée.

Loin de s'améliorer, la relation entre Isabelle et Théophile se dégrada un peu plus dans les semaines qui suivirent. Le jeune étudiant d'origine sénégalaise était venu habiter provisoirement chez les Artois suite à un dégât des eaux dans son appartement. Sa présence dans la maison voisine agaçait le jeune Amadès. Isabelle était aux petits soins pour son hôte. Elle souriait comme à la discothèque quand il était près d'elle. Marie, comble du mauvais sort, avait eu la fausse bonne idée d'inviter les deux jeunes gens à déjeuner. Cela contraria Théophile et il ne manqua pas de le faire savoir.

« J'aurais peut-être dû les laisser te découper en kebab. Enfin, grâce à moi, Isabelle a au moins la chance de déguster son plat favori : le gros boudin noir ! »

Après avoir lâcher ces paroles cinglantes, il quitta la maison en claquant la porte, laissant là ses parents et leurs deux convives médusés. Théophile ne se doutait pas alors de ce que l'avenir lui réservait. Ne risquait-il pas de regretter ses paroles ? N'avait-il pas parlé trop vite ?

es mois avaient défilé et l'été pointait déjà le bout de son nez. La chaleur sèche du mois de juin rendait les travaux de rénovation au château de Ségestron particulièrement pénibles. Pour plus d'efficacité, Rodolphe et Théophile travaillaient à la fraîche et restaient à l'abri du soleil brûlant de l'après-midi. Les murs épais du donjon permettaient de conserver une température agréable. Le châtelain maîtrisait dorénavant le français moderne et faisait la fierté de « son » institutrice. Celle-ci passait la majeure partie de son temps libre au château. Pourtant la vie y était assez difficile, surtout pour une femme d'aujourd'hui. Même les choses les plus banales sortaient de l'ordinaire. Ainsi, faute de tout-à-l'égout, le « palais » ne disposait que d'un WC sec : un simple trou dans une planche en bois permettait de faire son dépôt avant de le recouvrir de cendres. La fosse, une fois pleine, était curée et son contenu dispersé dans le jardin. Une belle leçon d'écologie ! Rien n'était gaspillé et quels magnifiques légumes ! Par ailleurs, un poulailler était venu égayer les lieux. Théophile observait les poules à travers la fenêtre du donjon, le regard songeur. « Elles sont comme les femmes, pensa-t-il. Elles sont infidèles, ne font pas de sentiments et se chamaillent sans pitié. » Le jeune homme n'avait plus adressé la parole à sa voisine depuis ce fameux repas. Isabelle de son côté paraissait heureuse et bien occupée. Elle avait même réussi à obtenir une place pour participer à des fouilles archéologiques en Crête. La campagne devait commencer début juillet et durer tout l'été. Cela la stressait un peu car, en cas d'échec aux partiels du second semestre, les rattrapages de juillet l'empêcheraient de partir. Cela ne semblait pas inquiéter, en revanche, l'enseignant qui lui avait confié le poste. Après tout mademoiselle Artois avait majoré au premier semestre et était une étudiante modèle. Ce qui réjouissait Théophile, c'était l'absence du Sénégalais. En effet, Isabelle serait accompagnée de deux amies, mais lui ne pouvait venir, faute de place. Il prévoyait cependant de la rejoindre en bateau, son père possédant un petit rafiot pour la pêche.

Le jeune Amadès se sentait isolé et essayait d'oublier en se noyant dans les travaux de maçonnerie. Ses parents lui avaient reproché son agressivité envers Isabelle et son ami. Marie, désespérée, avait fondu en larmes, implorant le ciel de lui rendre son fils tel qu'il était auparavant. Michel s'était emporté et avait exigé de son fils qu'il présente des excuses. En guise de réponse, Théophile avait simplement quitté la maison pour retourner à son logement étudiant, sans mot dire. À Ségestron, Sabine, toujours encline à aider les autres, avait tenté de lui parler. Elle avait fini, elle aussi, par le sermonner. D'après elle, la méchanceté du jeune homme avait poussé la jeune femme dans les bras d'un autre. Elle avait également été outrée par les propos racistes de Théophile. Pour couronner le tout, l'institutrice avait conseillé au fils Amadès de parler à son amie d'enfance. « Décidément, avec les femmes, c'est comme avec les hommes politiques, se moqua intérieurement le jeune homme. Ils croient tout résoudre avec de beaux discours, mais comme disent les notaires : verba volent sed scripta manent. » Même Rodolphe ne le soutenait pas. Pourtant, il pensait lui aussi qu'une femme blanche ne devait pas se laisser souiller par un Sarrasin. Il ne comprenait donc pas pourquoi Théophile ne mettait pas tout en œuvre pour récupérer Isabelle. De son temps, le Sarrasin n'aurait pas fait long feu. De manière plus générale, il ne comprenait pas l'inaction d'un jeune homme en pleine force de l'âge. Certes, son jeune acolyte n'était ni fainéant, ni stupide mais il manquait totalement de motivation. Il ne s'était pas encore lancé dans la mission que le Grünbauer lui avait confiée. Il ne s'était pas non plus expliqué avec la fille Artois. D'où pouvait bien provenir un tel manque d'entrain ?

Quelques jours plus tard, pendant les partiels tant redoutés par les étudiants (mis à part l'un d'entre eux), Théophile fut abordé dans le couloir par Isabelle.
« Salut Théophile, bredouilla-t-elle incertaine. Pourrais-tu m'accorder un instant, s'il-te-plaît ?
- Pourquoi pas, répondit laconiquement son interlocuteur.
- Alors voilà. Tu sais que je pars en Crête cet été, n'est-ce pas ? Eh bien, mon prof voudrait qu'un esprit scientifique nous accompagne et nous aide pour les analyses et la datation au carbone quatorze. Du coup, j'ai pensé à toi. Qu'en dis-tu ?

- Non merci.

- C'est ça ta réponse ?! s'indigna Isabelle. Si ça peut te rassurer, Kémal ne sera pas là. Le bateau de son père est HS. C'est l'occasion de voir du pays et d'apprendre des tas de choses, y compris en sciences. Je ne te comprends pas. Tu pourrais au moins t'expliquer, non ?

- Ton petit ami noir s'appelle donc Kémal. C'est un prénom à consonance musulmane. Enfin, personne n'est parfait. Pour te répondre, je peux en apprendre autant et même plus sur la Crête en restant devant un bon documentaire à la télé ou en surfant sur le net. Il n'y a donc aucun intérêt à aller bouffer des olives pendant trois mois.

- Tu sais, j'ai toujours admiré ton intelligence, depuis l'école primaire. J'ai du mal à croire que quelqu'un d'aussi brillant que toi puisse avoir l'esprit aussi étroit. À chaque fois que je te tends la main, tu me sors des propos blessants et racistes. Pourquoi me fais-tu ça ?

- On pourrait philosopher longtemps sur le rapport, ou l'absence de rapport, entre intelligence et étroitesse d'esprit. Je veux bien croire que mes propos t'ont blessée mais ils sont réducteurs et non racistes. En plus, je te rappelle que la Crête compte plus de trente-cinq millions d'oliviers, ce qui en fait la première région productrice d'olives en Grèce depuis plus de deux mille ans. Enfin, pour répondre à ta question, je crois que si je te repousse, c'est parce que tu es mon exact opposé. Tu as un corps de déesse et tu es pleine de vie. Moi je suis moche et déjà mort. »

Sur ces paroles qui laissèrent Isabelle pantoise, Théophile coupa court à la conversation et prit la direction de la salle d'examen.

Ce fut avec un profond soulagement qu'Isabelle accueillit les résultats des partiels. Avec une moyenne de seize sur vingt, ses craintes concernant le voyage en Crête s'évanouirent. En outre, ses amies Vicky et Rhym, ayant passé les épreuves avec succès, seraient également du voyage. La jeune demoiselle regrettait cependant le comportement de son ami d'enfance. Mettre une petite distance entre eux ne pouvait, pensait-elle, que leur faire le plus grand bien. S'éloigner pour mieux se retrouver, en quelque sorte. D'ailleurs, les parents d'Isabelle étaient eux aussi convaincus que ce voyage lui serait profitable. Leur fille pourrait ainsi acquérir de l'expérience, étoffer son CV et se détendre loin de la mesquinerie de son voisin. En plus, elle ne serait pas seule avec ses copines.

Fin juin, Isabelle et ses comparses prirent donc l'avion qui devait, en moins de deux heures, les conduire vers des « vacances » bien méritées, mais peut-être plus mouvementées que prévu. Bavardant abondamment, les trois filles ne s'étaient même pas aperçu du retard d'une heure pris par leur vol. Celui-ci s'était par ailleurs plutôt bien passé. Pas de soubresaut dans la cabine, un steward des plus charmants et surtout pas de nausée (c'était un peu l'appréhension de la fille Artois qui avait déjà le mal de mer). Un parfum de vacance, de détente et même de farniente flottait dans l'appareil qui finit par atterrir à l'aéroport Nikos Kazantzakis de Héraklion, capitale de la Crête. En descendant de l'avion, les trois amies comprirent pourquoi cet aéroport était le second de Grèce : apparemment, tous les touristes d'Europe s'y étaient donné rendez-vous !

Par chance, elles étaient accompagnées par leur professeur d'archéologie, spécialiste de la Crête et des civilisations préhelléniques. Il marchait d'un pas assuré : ce n'était de toute évidence pas sa première visite dans l'île. Après avoir réussi à s'extirper de l'aéroport bondé, il fallut encore attendre près d'une heure le bus suivant. « Tout ça à cause de ces foutus terroristes », grommela l'enseignant. Cinq petits kilomètres séparaient la petite troupe de la grande Héraklion où elle allait passer deux jours avant de se rendre sur le lieu des fouilles.

L'ancienne Candie, du haut de ses mille deux cents ans, ne pouvait décemment révéler tous ses secrets en à peine un week-end. La ville fondée par les Musulmans andalous a connu les Byzantins, les Vénitiens, les Musulmans ottomans avant de revenir, à peine un siècle auparavant, dans le giron grec. Que de monuments à admirer et si peu de temps. Sous la férule de leur professeur, les trois amies purent entrevoir quelques-uns des trésors architecturaux de la cité. Les plus visibles furent bien sûr les remparts gigantesques érigés par les Vénitiens durant les croisades. À cela s'ajoutaient la loge vénitienne, le vieux port, la basilique Saint Titus (une ancienne mosquée reconvertie), l'église byzantine Saint Mathieu. Un peu partout coulaient des fontaines de facture italienne, notamment celle de la place aux lions. Des objets encore plus anciens intéressèrent particulièrement Isabelle lors de la visite du musée archéologique de Héraklion. Les exemples d'art minoen rassemblés dans près de vingt pièces sur deux étages captivèrent la jeune femme, qui sillonna les lieux pendant toute une journée. Vicky et Rhym, quant à elles, avaient préféré prendre du bon temps sur la terrasse d'un café donnant sur le port. Le musée regroupait la plus grande collection d'œuvres minoennes venues des différents sites de fouille de Crète : Phaistos, Malia, et bien sûr Knossos (palais du roi Minos découvert par l'anglais Evans à la fin du XIXe siècle non loin de Héraklion). Tous les objets montraient l'incroyable savoir-faire des artisans deux mille ans avant Jésus Christ. Quoi de plus naturel, finalement, que de tels chefs-d'œuvre trônent dans la ville natale d'El Greco ? Mais Isabelle ne voyait pas que de simples objets d'art. À travers eux, la vie quotidienne des Crétois de l'époque transparaissait. Une figurine en ivoire montrant un jeune homme sautant par dessus un taureau peina la visiteuse. « Les hommes n'ont pas changé : tout est bon pour faire valoir leur virilité. Moi ça m'inquiéterait que mon petit ami risque sa vie ainsi. Enfin, c'était un autre temps, quoique cela existe encore aujourd'hui ». Les artefacts suivants confirmèrent sa première impression : en effet, les hommes n'avaient guère changé en trois mille ans. La déesse aux serpents et son opulente poitrine nue montraient bien la pérennité de certains goûts masculins. Mais après tout, comment en tenir rigueur à la gente masculine ? Les femmes aussi s'intéressaient aux jolis bijoux (comme en attestaient les magnifiques colliers en or et pierres précieuses retrouvés dans les tombes) et les habits chics (comme dépeint sur les fresques et notamment celle de « La Parisienne »). Au niveau de la vie quotidienne, les nombreuses figurines votives, retrouvées dans les lieux de cultes montagnards, montrent qu'en tout temps l'Homme a éprouvé le besoin de croire. De manière plus prosaïque, les splendides vases de Kamarès avec leurs représentations sinueuses claires sur fond noir rappelèrent à Isabelle la dureté de la vie des gens de l'époque. Faute de réfrigérateur, tout devait être conservé dans d'énormes pithoi. Ces grosses jarres fragiles ne devaient pas être d'un usage aisé. Une chose paraissait en tous cas claire pour la fille Artois : elle avait trouvé sa voie dans l'archéologie et était tout excitée à l'idée des fouilles qui débuteraient le lendemain.

Vers six heures du matin (un peu tôt au goût des filles), un collègue de leur professeur, également archéologue, vint les chercher en voiture pour les mener sur leur lieu de travail. Mieux valait partir tôt pour éviter la canicule et les bouchons sur la route. Après avoir emprunté l'autoroute vers l'est jusqu'à Hersonissos, la vieille Ford s'engagea sur une route secondaire assez sinueuse. Quittant le bord de mer et son horizon bleuté, l'équipe se dirigea vers l'aridité du plateau du Lassithi au Sud. C'est au cœur de ce massif montagneux que les archéologues pensaient trouver un village minoen près d'une grotte ayant servi de lieu de culte. Des écrits mycéniens laissaient penser que la culture minoenne avait perduré dans ces montagnes. Une surprise attendait Vicky, Rhym et Isabelle : faute d'eau courante, il n'y avait pas de toilettes dans le campement, pas même un WC chimique ! Voilà qui promettait des « vacances » intéressantes...

De son côté, Théophile avait encore eu droit à des remontrances de la part de ses parents. Leurs sempiternelles remarques sur son comportement l'exaspérèrent et il préféra se réfugier, comme d'habitude, chez Rodolphe. Mais cette fois-ci le châtelain se montra moins accueillant qu'à l'accoutumée.
« Je crois qu'il faut qu'on parle tous les deux, lança l'hôte à son jeune invité.
- Tu ne vas pas t'y mettre toi aussi !? gémit l'intéressé.
- Je ne suis pas tes parents et je ne cherche pas à te changer. Je ne sais que trop bien ce que ça fait de vouloir se conformer aux attentes de ses proches. Malheureusement, on ne choisit pas sa

famille. Ce qui m'énerve c'est de voir tout le potentiel que tu gâches. À ton âge, tu devrais te bouger, pardieu !

- Et que veux-tu que je fasse ? Courir après les sept démons légendaires et finir entre quatre planches en moins de deux ?

- De toute façon, tu es déjà mort, alors que risques-tu ? En plus, tu ne sais pas où tu en es et les voyages forment la jeunesse. Crois-en mon expérience. »

Les paroles de Rodolphe trottèrent quelques jours dans l'esprit du jeune Amadès. Lors de son dernier passage dans l'autre monde, il avait eu droit à un cours d'histoire démoniaque délivré par le Grünbauer en personne. Celui-ci lui avait raconté comment Satan avait éliminé son frère Lucifer pour s'emparer du trône des Enfers. Parmi les archanges maléfiques qui l'entouraient, Lucifer commit l'erreur d'écouter le plus traître d'entre eux. L'archange Nacht avait non seulement piégé les gardes du corps de Lucifer mais il avait aussi permis l'avènement du règne néfaste de Satan. Là où son frère avait fait consensus, Satan avait divisé. La guerre contre les stryges à laquelle Théophile avait participé, était symptomatique des tensions régnant dans les profondeurs infernales entre les opposants et les partisans du nouveau roi. L'ordre des démons nordiques, auquel le Höllekämpfer et le Grünbauer appartenaient, était d'avis de renverser Satan grâce à la garde rapprochée de Lucifer. C'est là que Théophile devait intervenir en libérant les vieux démons du passé. Peu enthousiasmé au début par cette idée, le jeune homme finit par se décider à tenter l'aventure. La principale motivation de ce changement de cap était peut-être à chercher chez Isabelle Artois. Théophile s'en voulait un peu de l'avoir envoyée sur les roses et, comme sa première cible se trouvait en Crête, ce serait l'occasion de présenter des excuses. Après tout que pouvait-il bien avoir à perdre ?

« Salut Moustaffa, comment ça va ? » ces mots moqueurs lancés dans l'entrebâillement de la porte ne furent guère du goût de Kémal.

La surprise de voir Théophile sur le palier de sa chambre étudiante laissa place à une certaine lassitude.

« Je m'appelle Kémal et non Moustaffa, corrigea laconiquement l'intéressé.

- Je sais mais pour moi c'est du pareil au même, titilla Théophile.

- Écoute, je ne suis pas vraiment d'humeur, alors dis-moi ce qui t'amène.

- Eh bien, j'avais envie de faire une petite croisière en Méditerranée et d'en profiter pour visiter la Crête. Comme on m'a dit que tu avais un bateau...

- Tu as quand même un sacré culot toi ! Après ce que tu as dit quand on est venu chez toi.

- Tu as tout à fait raison. Après tout, si Isabelle veut se faire ramoner en profondeur, qui suis-je pour la juger ?

- Je ne supporte plus ta vulgarité. Isabelle et moi sommes amis, c'est tout ! De toute façon, le bateau de mon père est HS, alors...

- Parlons sérieusement, coupa Théophile. Je m'y connais un peu en mécanique et j'ai quelques économies pour acheter des pièces si nécessaire. J'ai besoin d'un bateau et d'un marin pour le piloter. Alors ou tu m'accompagnes en Crête, ou je vais voir ailleurs. À toi de choisir. »

Allant à l'encontre du proverbe, Kémal préféra la compagnie de Théophile à la solitude. Dès le lendemain, ils prirent le train pour se rendre sur la côte varoise où le bateau familial mouillait. Le jeune Amadès fut tout d'abord surpris. Il s'attendait à une petite embarcation de pêche, mais non. Le Sénégalais fut amusé (et un peu fier) de l'hébétement du Blondinet. Devant lui flottait un vieux trawler d'une trentaine d'années à l'allure d'un petit yacht de dix mètres sur trois. La cabine blanc cassé contrastait avec le bleu foncé de la coque, ce qui donnait un certain charme à l'ensemble. L'intérieur spacieux était parfaitement éclairé par la lumière aveuglante du soleil, qui pénétrait à travers les nombreux hublots rectangulaires. Il était entièrement fait de boiseries dont le lustre ne faisait qu'accroître la beauté. On se serait cru dans un petit appartement : une cuisine équipée d'une cuisinière à gaz et d'un évier flanqué d'une table en bois et un canapé aux coussins moelleux, deux chambres à coucher et une salle de bain avec douche et WC. En somme, le grand luxe. Seul bémol de cette magnifique vedette Kruiser 950 : son moteur DAF 85 CV.

« Tu penses pouvoir le faire démarrer ? interrogea Kémal.

- L'entreprise DAF produit des moteurs pour camion poids lourd depuis près de soixante ans. Ils sont conçus pour durer et on devrait pouvoir trouver les pièces facilement », expliqua laconiquement le jeune Amadès.

En réalité, les réparations ne prirent qu'une petite journée. Le principal problème provenait de la durite d'alimentation en gazole. Vieille et usée, elle s'était pincée, empêchant le carburant d'arriver au moteur. Théophile en profita pour effectuer un check-up complet. Il fallut changer la courroie d'entraînement prête à rendre l'âme, vidanger, remettre de l'huile et changer la batterie. Par chance, le mécanicien du coin put leur fournir tout le nécessaire.

Le lendemain, tandis que Kémal s'affairait à préparer le voyage en chargeant les provisions mais aussi l'eau douce et le gazole, Théophile faisait ses propres emplettes. Le soir venu, après avoir dévoré deux pizzas, le Sénégalais observa, intrigué, les préparatifs du fils Amadès. Dans un sac étanche entrouvert, il distingua une tenue de chasse et le reflet métallique d'un couteau. Sur la table de la salle à manger, Théophile remplissait patiemment le chargeur d'un pistolet, balle après balle.

« Ce n'est pas pour Isabelle que tu vas en Crète, n'est-ce pas ? questionna Kémal.

- Je n'ai jamais prétendu que c'était le cas, mais si je peux joindre l'utile à l'agréable, pourquoi pas ?

- Tout ça ne me rassure pas.

- Ne t'en fais donc pas. Dans six jours, une fois arrivés sur place, nos chemins se sépareront et tu pourras t'amuser avec les filles à ta guise. »

Malgré quelques arrêts dans des lieux assez touristiques et pittoresques en Italie et en Grèce continentale, Théophile trouva le temps long. Pourtant la météo fut clémente (ce n'est pas toujours le cas en Méditerranée) et le jeune homme, qui prenait la barre durant la nuit, pouvait se prélasser sous le taud en journée, caressé par une rafraîchissante brise marine. Le voyage, à une vitesse d'environs dix nœuds (pas si mal pour une vieille carcasse) semblait s'éterniser. En outre, voir cette mer lisse à longueur de journée générait une certaine lassitude. Les deux compères comprenaient pourquoi les bateaux de croisière proposaient tant d'activités à leurs clients. Apercevoir enfin les côtes crétoises fut pour eux une délivrance. Au petit matin du septième jour de navigation, Théophile et Kémal purent admirer la côte nord-ouest de la Crête qui se profilait, à l'instar d'une antique poterie grecque, en noir sur fond de soleil levant. De loin, les formes abruptes de cette île montagneuse rappelaient celles de sa cousine, la Corse. Nos deux marins en herbe durent encore patienter près de trois heures avant d'atteindre le port de La Canée, après avoir contourné l'îlot d'Anticythère et longé le cap Spatha. Pouvoir enfin marcher sur la terre ferme fut un soulagement pour Théophile qui n'avait guère le pied marin. Comme convenu quelques jours plus tôt, le « Blondinet » comme le surnommait Kémal, prit ses affaires et partit de son côté sans perdre de temps. L'ancienne Cydonie minoenne rappela aux deux jeunes gens la ville de Marseille. Bien qu'environ vingt fois moins peuplée que la cité phocéenne, La Canée avait des airs de métropole provençale. Le port grouillait d'estivants attablés aux terrasses des cafés et des restaurants, profitant de la « dolce vita » méditerranéenne sous un ciel bleu azur lumineux. On se serait cru sur le vieux port de Marseille. La structure de la ville, elle aussi, paraissait familière. La vieille ville aux ruelles étroites se faufilant entre les hautes maisons de pierre aux crépis ocres, aux petites fenêtres et aux toits faiblement pentus recouverts de tuiles rouges, contrastait avec la banlieue de style plus moderne. Laissant derrière lui le phare de La Canée qui surplombait l'entrée du port, Théophile marcha d'abord le long des quais, puis contourna la mosquée Kioutsouk Hasan sans même un regard, pour finalement prendre d'un pas décidé la rue Akti Tombazi menant au musée archéologique. Logé à l'intérieur d'un ancien monastère, le musée s'avéra plus intéressant par le contenant que le contenu. En effet, l'architecture majestueuse du bâtiment contrastait avec les objets qu'il abritait. Bien que le musée couvrit une période s'étendant de la préhistoire à l'époque romaine, Théophile ne put en tirer aucune information utile. Et pour cause ! Le jeune homme eut la mauvaise surprise de découvrir que d'autres l'avaient devancé. Le musée avait été cambriolé un mois auparavant et les voleurs n'avaient pu être identifiés. Les caméras de surveillance avaient juste permis de voir le tatouage en forme de serpent sur le cou de l'un des malfaiteurs. Théophile fut quelque peu décontenancé. Après une semaine de voyage, il venait de perdre sa seule chance de trouver le démon qu'il cherchait et il n'avait aucune piste pour mettre la main sur les objets volés. Localiser un être surnaturel emprisonné depuis l'an mil sept cent avant Jésus Christ relevait de la gageure. Un peu découragé, le jeune homme décida de se changer les idées en déambulant dans la ville. Les sites touristiques ne manquaient pas : musée naval, byzantin, folklorique ou encore musée de la guerre, mais aussi églises et cathédrales. Bien qu'épuisé par toutes ces tribulations, Théophile avait la satisfaction d'avoir obtenu quelques informations sur la place du marché. Malgré son accent étranger prononcé, le fait qu'il s'exprimât en grec lui ouvrit le cœur des commerçants et des habitants. D'après les rumeurs (elles ont parfois un fond de vérité), les voleurs du musée auraient été affiliés à l'extrême droite crétoise dont les membres aimaient à se réunir dans un bar de la vieille ville. Après une journée exténuante sous un soleil implacable, le jeune Amadès avait justement bien besoin de manger et boire. Assis à une table en intérieur, il avait pris soin de commander en anglais afin que personne ne sache qu'il comprenait la langue locale. Au demeurant, ce n'était qu'un demi-mensonge : le dialecte crétois s'avérait plus ardu que prévu. Tandis que le temps passait lentement, Théophile se demandait combien de fois il devrait revenir pour glaner quelques informations utiles. Pour contrer la lassitude, il avalait café sur café. Bien qu'ayant aperçu quelques personnes à l'allure austère, voire paramilitaire, rien d'intéressant ne filtrait des conversations. Seul le discours xénophobe et nationaliste prouvait que c'était le bon bar. À la grande surprise de Théophile, Kémal fit sont entrée vers minuit. Il semblait déjà pas mal éméché et ne remarqua même pas son collègue dans le coin de la pièce. De cette position stratégique, Théophile pouvait observer toute la salle et même la terrasse tout en restant proche de la sortie et à l'abri des regards indiscrets. Tandis que la présence du « Nègre » indisposait clairement les habitués déjà bien égayés par l'alcool, une goutte d'eau vint faire déborder le vase. Il s'agissait d'un adolescent à l'allure méditerranéenne avec un teint halé qui faisait penser à un paysan. Ses mains abîmées semblaient confirmer cette hypothèse. À peine entré, il se dirigea vers une tablée d'une douzaine d'hommes aux mines patibulaires.

« Je cherche vos amis avec un serpent tatoué. Où sont-ils ? lança sèchement l'importun.

- Pour qui tu te prends pour venir nous parler sur ce ton ? Et qu'est-ce que tu leur veux aux Minoens ?

- Ça c'est mes affaires ! Dites-moi où ils sont, ordonna l'adolescent en dégainant une arme de poing.

- Aux dernières nouvelles, ils étaient à Kissamos. Dommage pour toi, gamin. Tu les as ratés et tu n'es pas prêt de les rattraper », ricana l'un des convives.

Joignant le geste à la parole, il tordit le poignet du jeune paysan et se saisit de son arme. Au même moment, un autre homme passa ses bras sous les épaules du gamin pour l'immobiliser pendant que deux autres lui fortifiaient les abdominaux à coups de poing, sous les rires et applaudissements tonitruants de leurs amis. Le Sénégalais, resté jusque là tranquillement accoudé au comptoir, eut la joyeuse idée d'essayer d'aider l'adolescent. Tenant à peine sur ses jambes alourdies par l'alcool, il s'effondra au sol lourdement au premier coup de poing au visage. Une fois à terre, il essuya encore quelques coups de pieds dans le ventre avant que Théophile n'intervienne. Il neutralisa assez aisément les dix premiers extrémistes crétois avec quelques clés de bras et de mains issues de l'aïkido et couplées à des coups précis au cou et à la nuque. Face à des adversaires sans technique, ce fut vite réglé. En revanche, les deux derniers habitués posèrent plus de difficultés. Pratiquant le MMA, ils obligèrent Théophile à se montrer plus persuasif. Après leur avoir brisé un bras et une jambe au niveau des articulations, il quitta les lieux en emmenant Kémal. L'adolescent crétois avait pour sa part déjà pris la fuite. Alors que les gyrophares de la police illuminaient la ruelle d'une lueur bleutée, le Musulman ivre et un peu amoché, soutenu par le Blondinet, prenait une rue parallèle en direction du port. Après quelques dizaines de mètres, Théophile lâcha son fardeau pour se retourner.

« Montre-toi gamin. Je sais que tu nous suis depuis le bar. Tu pourrais au moins te rendre utile et m'aider à porter cet abruti. »

Sans un mot, le visage apeuré, l'adolescent responsable de la bagarre sortit de l'embrasure d'une porte et claudiqua jusqu'au port en épaulant le Sénégalais.

***

Lorsque Kémal écarquilla douloureusement les yeux, le soleil était déjà haut. À peine émergea-t-il des bras de Morphée (ou de Dionysos), qu'il dut subir les sarcasmes moqueurs de Théophile.

« Tiens, tiens. Notre héros se réveille. Comme par hasard, juste à l'heure du repas. Heureusement qu'Isabelle n'était pas là pour voir son preux chevalier totalement bourré prendre une raclée. Enfin, il faut voir le bon côté des choses. D'abord, tu es bien le moins intégriste de tous les musulmans. Ensuite, tu t'en tires à bon compte : tes côtes ont tenu le choc. Et surtout, tu as la chance de nous avoir à tes côtés ! Alors, elle est pas belle la vie ? »

Déjà immunisé contre l'humour parfois cinglant de son compagnon de route, Kémal était bien plus préoccupé par ses douleurs au ventre et son œil tuméfié. Cependant, la présence d'un nouveau matelot à bord l'intrigua. Au cours du repas préparé par le fils Amadès (avec de la viande de porc, histoire de faire enrager le Sénégalais), il apprit que les amarres avaient été larguées de nuit pour éviter la police. Après avoir quitté la ville natale de Nana Mouskouri, ils avaient parcouru en quelques heures la grosse cinquantaine de kilomètres qui les séparait de Kissamos. Le contournement nocturne de la presqu'île de Rhodopos n'avait pas été de tout repos. Le nouveau moussaillon s'était avéré bien utile. Resté jusqu'alors silencieux, Promethos Alexakis sortit de sa réserve pour enfin expliquer son comportement de la veille. Son histoire n'égaya pas vraiment le repas. Sa famille était originaire de la plaine de la Messara, la plus vaste région agricole de Crète. Ses parents exploitaient une ferme d'une cinquantaine de brebis et produisaient quelques fruits et légumes. Promethos participait aux travaux des champs et s'occupait aussi de sa petite sœur. Sa vie était agréable : un peu rude mais heureuse. Tout bascula deux ans plus tôt. Il n'avait alors que quatorze ans. Son père, pour la première fois, l'avait envoyé seul pour la transhumance estivale dans les contreforts du massif du Psiloritis. À la venue de l'automne, Promethos s'était inquiété du retard de son père. Il aurait en effet dû venir chercher les fromages affinés en montagne par son fils. Laissant derrière lui les meules entreposées dans un abri en pierres sèches, l'adolescent était rentré à pied avec ses moutons. Mais il ne put entrer chez lui. Sa maison et la grange attenante avaient été incendiées. Les corps de ses parents, qui avaient été torturés puis brûlés vifs, étaient méconnaissables. Mais l'horreur ne s'arrêtait pas là. Sa petite sœur, âgée d'à peine six ans, venait d'être retrouvée par les chiens renifleurs. Elle était parvenue à s'enfuir mais avait glissé dans une crevasse et était morte de soif. Avec la chaleur, son petit corps avait gonflé et il se dégageait une odeur putride. Le pauvre Promethos, anéanti, était resté prostré sur un rocher. Refusant d'abord d'y croire, il avait fini par fondre en larmes. Mais son malheur ne s'arrêta pas là. Son père s'étant endetté pour acheter du matériel agricole, la banque avait saisi ce qu'il restait de la ferme y compris les moutons. Le tout avait été revendu pour une bouchée de pain : tout le patrimoine de ses ancêtres parti en quelques semaines. Mais là encore, le sort continua de s'acharner : étant mineur, Promethos fut confié à des cousins éloignés vivant à Agios Nikolaos, sur la côte Est de l'île. La petite famille de pêcheurs qui l'avait accueilli n'était pas proche de lui. Elle s'était portée volontaire pour le recevoir par pur esprit chrétien de charité et Promethos dut rapidement gagner son pain à la sueur de son front. Il accompagnait son « père » adoptif dès cinq heures du matin pour poser et relever les filets. Pour lui qui n'avait pas le pied marin, ce fut au début un véritable calvaire. Mais en un sens cela lui fit du bien. Le travail lui permettait de ne pas penser à sa souffrance. Il trouvait tout de même le temps de pleurer, le soir dans son lit, avant que la fatigue ne l'emporte au pays des rêves, ou plutôt des cauchemars. Après deux ans de labeur, ayant atteint l'âge de l'émancipation, il avait quitté son foyer d'accueil pour assouvir sa soif de vengeance. Un ami de son père, policier de métier, lui avait transmis le rapport de police concernant l'assassinat de sa famille. L'enquête avait de toute évidence été menée avec sérieux : les nombreux interrogatoires témoignaient d'un travail soigné, méticuleux et ne négligeant aucune piste. Malheureusement, cela n'avait débouché sur aucune arrestation, ni même aucune explication. La piste la plus prometteuse était celle d'indépendantistes crétois qui se faisaient appeler les Minoens. Leur signe distinctif était un serpent tatoué sur la gorge. Des voisins les avaient vus roder dans le coin avant les meurtres. Mais leur mobile demeurait obscur.

« Je recherche ces salauds et c'est pour ça que j'étais dans ce bar de fachos hier soir, expliqua Promethos en guise de conclusion, les yeux larmoyants.

- À ta place, je ferais pareil, approuva Kémal. En plus, c'est ridicule de vouloir une Crête indépendante alors qu'elle a toujours été grecque. Ces extrémistes ne devraient même pas exister !

- Je comprends mieux pourquoi on ne t'a pas accepté pour la campagne de fouilles, Moustaffa, titilla Théophile.

- Je m'appelle Kémal ! s'emporta l'intéressé. Et où veux-tu en venir ?

- Contrairement à ce que tu crois, la Crête a une histoire à la fois distincte et étroitement liée à celle de la Grèce continentale. Sa position géographique avantageuse en a fait, de tout temps, une plaque tournante majeure du commerce en Méditerranée. Elle a ainsi participé aux échanges commerciaux et culturels entre l'Orient et l'Occident. Elle a soumis une bonne partie de la Grèce continentale, comme en atteste le mythe de Thésée. Ce n'est que plus tard, vers mil quatre cent cinquante avant Jésus Christ, qu'elle a été conquise par les Mycéniens puis les Doriens. Ensuite, elle a été prise tour à tour par les Romains, les Maures espagnols, les Vénitiens et les Turcs ottomans. Elle retrouve son autonomie pendant une petite quinzaine d'années avant de retomber en mil neuf cent treize dans le giron grec. Au final, la Crête n'a été grecque qu'environ sept cents ans sur trois mille ans d'existence. D'ailleurs, sur un plan culturel, l'île possède certaines particularités. Par exemple, les noms de famille se terminant par le suffixe « akis » sont typiquement crétois. Pour conclure, je dirais que c'est la Crête qui a fait la Grèce et non l'inverse. »

Tandis que Kémal, un peu vexé, allait s'allonger pour une petite sieste, Théophile poursuivit la conversation avec Promethos. Il avait remarqué l'amulette que portait le jeune crétois autour du cou. D'apparence assez simple, le petit bout de bronze quasi rectangulaire attaché avec une ficelle en plastique, portait des inscriptions en linéaire A mêlées à des hiéroglyphes. D'après Promethos, cette amulette se transmettait de mère en fille au sein de sa famille et c'est le seul souvenir qu'il lui restait de sa mère. Elle était cachée sous une dalle de la grange et avait ainsi survécu aux flammes. Bien que l'écriture ancienne des Minoens, nommée linéaire A par Sir Arthur Evans, n'ait toujours pas été déchiffrée, les symboles portés sur le médaillon rappelaient ceux du disque de Phaistos. Le rapport de police que Promethos avait remis à Théophile n'apportait aucune information sur ces « Minoens ». Ils avaient apparemment retourné toute la maison à la recherche de quelque chose. Pouvait-il s'agir de l'amulette ? Pourquoi des indépendantistes s'intéresseraient-ils à de vieux artefacts ?

Théophile et le jeune orphelin décidèrent de se dégourdir les jambes dans la petite bourgade voisine. Avec ses deux mille habitants, Kissamos était un village paisible avec tous les commerces utiles aux touristes. Cela tombait à pic pour le ravitaillement du bateau en carburant et des passagers en vivres. Le paysage montagneux en arrière-plan appelait à la randonnée. En passant dans les petits commerces, le jeune Amadès tenta, en vain, de recueillir des informations sur les Minoens. Personne ne semblait les avoir vus dans le coin. Alors qu'il pensait se trouver à nouveau dans une impasse, Théophile reçut une aide inattendue. Un vieux pêcheur curieux était venu faire la conversation. Au cours de son monologue, le pêcheur bien bavard, rapporta avoir vu un groupe d'étrangers deux jours auparavant. Cela l'avait frappé car il était à peine cinq heures du matin et le jour n'était pas encore levé. L'un d'entre eux avait parlé de la Rotonde. Tout au long du repas du soir, tandis que Kémal dévorait avec appétit un énorme plat de pâtes (tout est bon quand on a faim), Théophile restait songeur. L'église Archange Michel datait de l'ère byzantine, soit près de deux mille ans après la chute de l'empire minoen. En outre, pourquoi venir à Kissamos, alors que l'église, surnommée la Rotonde en référence à son dôme en gradins de style orthodoxe assez rare, se situait à quinze kilomètres, près d'Episkopi ? N'ayant de toute manière aucune autre piste, le Blondinet décida qu'il partirait le lendemain en excursion.

Armé d'un barda de trente-cinq kilos, Théophile prit la route à pied en milieu de matinée. Bien que seule une dizaine de kilomètres séparait, à vol d'oiseau, Kissamos de la capitale de l'évêché, il fallait en compter cinq de plus par la route sinueuse serpentant entre les collines abruptes. Après avoir longé la côte du golfe de Kissamos en direction du nord-ouest, Théophile décida de faire une courte halte à Koleni. Promethos, qui s'était imposé, en profita pour reprendre son souffle après six kilomètres de marche sous un soleil estival de plomb que la brise marine ne pouvait contrer. Les deux marcheurs se rendirent compte qu'ils avaient un autre point commun que les Minoens : l'eau azurée de la Méditerranée, si chère aux touristes, ne leur inspirait que crainte et dégoût. Après avoir bu, c'est en silence que les deux acolytes reprirent leur chemin. Pour gagner du temps, Théophile avait décidé de suivre le cours d'une rivière tortueuse. Après environ quatre kilomètres de méandres caillouteuses éprouvantes pour les chevilles, il fallut encore gravir quelques collines pour enfin rejoindre le chemin pavé menant à l'église épiscopale. Construit à flanc de montagne et surplombé par des oliviers, le monument, bien que de dimension modeste, était des plus charmants. Soutenu par des voûtes romaines, l'édifice en pierres de taille claires et aux tuiles ocres arrondies s'intégrait parfaitement dans le paysage. Les épais murs et les plafonds hauts apportaient une fraîcheur inespérée à nos deux randonneurs. Tandis qu'ils déambulaient dans l'église décorée de fresques orthodoxes aux icônes représentant des saints auréolés d'or, Promethos raconta qu'au mois d'août, on bénissait des fruits en ce lieu. Cette coutume, reprise d'ailleurs par les mosaïques en noir et blanc dépeignant des plantes et animaux à côté de symboles géométriques, rappelaient étrangement les rites païens de l'ère minoenne. Malheureusement, la visite du jardin et du cimetière du VIIe siècle après Jésus Christ étaient interdite pour cause d'enquête policière. Apparemment, des vandales avaient saccagé les extérieurs deux jours plus tôt. Mais avaient-ils trouvé ce qu'ils cherchaient ?

La journée touchant déjà à sa fin, Théophile et Promethos décidèrent de dormir à la belle étoile. Le fils de berger ne put retenir une larme à la vue du splendide ciel nocturne éclairé par la pâle lueur de la lune.

« Cela me rappelle les bons moments passés avec mon père dans les pâturages d'été, confia-t-il.

- L'infinité de l'univers est à la fois inquiétante et fascinante, renchérit Théophile, mais c'est vrai que dieu nous offre là une vision merveilleuse.

- Est-ce que je peux te demander pourquoi tu es là ? Moi j'ai une dent contre ces salauds de fascistes, mais toi ?

- Je crains que les fachos dont tu parles cherchent la même chose que moi et je n'aime guère la concurrence.

- Et qu'est-ce que tu cherches exactement ?

- Si je te le disais, tu ne me croirais pas. Et puis, au fond, je ne sais pas vraiment ce que je cherche. »

Cette réponse obscure laissa Promethos sur sa fin, mais il n'insista pas. Le lendemain matin, alors que Promethos s'apprêtait à retourner à Kissamos, il remarqua que le Français hésitait. En effet, quelque chose le chagrinait sans qu'il puisse mettre le doigt dessus.Tous les deux prirent donc le temps de refaire le tour de la Rotonde et profitèrent de l'absence de touristes pour voir par eux-mêmes les actes de vandalisme survenus quelques jours plus tôt. Les tombes avaient été creusées, des trous assez profonds parsemaient aussi le jardin. Sur les coups de onze heures, ils ressortirent bredouilles de l'église. Le Blondinet, visiblement en colère contre lui-même, arracha nerveusement un bout de son sandwich d'un coup sec de la mâchoire. Il se savait proche du but sans parvenir à l'atteindre. De son côté, l'adolescent enlevait son T-shirt trempé de sueur.

« Même pas midi et la chaleur est déjà étouffante », pensa-t-il à haute voix.

Théophile se figea. Son regard fixait Promethos avec une telle insistance que celui-ci en resta paralysé. Après quelques instants d'un silence gênant, le Blondinet afficha un large sourire et laissa « mijoter » son acolyte qui se demandait de quoi il retournait.

En tout début d'après-midi, le jeune Amadès expliqua enfin ce qui le rendait si joyeux. En revoyant l'amulette de Promethos, tout s'était éclairé. L'objet que les pillards cherchaient n'était pas à l'extérieur mais bel et bien à l'intérieur. La mosaïque était la clé du problème. En effet, parmi les symboles géométriques, il n'y avait qu'un unique signe d'origine minoenne. Tandis que Promethos faisait fébrilement le guet, Théophile s'efforça de desceller à l'aide d'un piolet les quelques pierres formant le symbole du taureau en linéaire A. Le taureau, animal vivant à l'état sauvage à l'époque minoenne, était vénéré par les crétois comme le montre le mythe du Minotaure. La présence de cet idéogramme sur le sol de l'église ne pouvait qu'être un présage. Mais que cachait-il ?

Après s'être éloigné de la rotonde suffisamment pour rester à l'abri des yeux et oreilles indiscrets, Théophile put enfin satisfaire la curiosité de son complice. Il ouvrit la main pour laisser apparaître une amulette en bronze parfaitement conservée et ressemblant à s'y méprendre à celle du jeune crétois.

« Au moins maintenant tu sais pourquoi ils ont tué tes parents et ta sœur », conclut gravement le Français sur le chemin du retour.

Une fois arrivé au bateau, Théophile compara les deux amulettes et en déduisit qu'il y en avait encore deux autres, les quatre formant un puzzle. Il restait encore à trouver les deux manquantes et à comprendre leur utilité...

***

Au petit matin, le jour suivant, l'équipée voguait déjà en direction de Paleohora. Tandis que Théophile tenait la barre, Kémal se plaignait comme à son habitude. Il regrettait le départ précipité de Kissamos alors qu'il n'avait rien eu le temps de visiter. Toutes ses jérémiades laissaient au moins entendre qu'il s'était remis de ses déboires de La Canée.

Théophile quant à lui était pressé d'arriver à destination. Il avait le sentiment de se rapprocher de ses concurrents, ce qui l'émoustillait et l'inquiétait tout à la fois. La veille au soir, Promethos lui avait parlé d'un cousin qui vivait à Paleohora de la culture de la tomate sous serre. Il l'avait rencontré lors d'une réunion familiale. Il semblait connaître un bon nombre d'histoires sur ses ancêtres minoens. Peut-être pourrait-il leur en apprendre plus sur ces amulettes de bronze.

Après quelques heures de navigation, le petit village fut enfin en vue. À peine plus grand que Kissamos, il s'étirait sur une péninsule sablonneuse de sept cents mètres de long sur quatre cents de large. Le contraste avec les collines avoisinantes, abruptes à la végétation naine et clairsemée, offrait une vision très pittoresque. Sans compter la mer de Libye bleu azur aux eaux cristallines. Un vrai décor de carte postale qui expliquait sans doute l'affluence touristique. Alors que les trois comparses se dirigeaient vers la maison du cousin de Promethos, profitant de la fraîcheur matinale (toute relative dans la ville la plus chaude de Grèce), ce dernier s'arrêta net. Dans la rue parallèle, une procession funéraire avançait au pas. En queue de cortège, Promethos reconnut Hermaion, son vénérable cousin. Suivant de loin, Théophile et Kémal attendirent la fin de la cérémonie pour s'approcher du vieil homme. À y regarder de plus près, il aurait pu s'appeler Homère : sa barbe fournie et ondulée ainsi que ses cheveux hirsutes mi-longs rappelaient la statuaire grecque antique. En revanche, le travail aux champs avait ridé son visage à la peau brunie par le soleil. Pourtant, il n'avait que cinquante ans. Après avoir accueilli ses jeunes visiteurs chez lui avec quelques rafraîchissements, il se décida à leur raconter toute l'histoire, et quelle histoire ! Selon une ancienne légende locale, le mythe de Thésée ne serait que très partiellement vrai. Venu par delà les mers, le Minotaure avait voulu s'emparer de la double hache sacrée entreposée au palais du roi Minos à Knossos. Après avoir ravagé de nombreux villages en quête de la hache, le monstre fut stoppé par la ruse du souverain. Celui-ci avait envoyé un messager qui parvint à convaincre le démon de se rendre dans les montagnes où se trouvait le temple de Britomartis, la déesse mère. « C'est là, lui assura le messager, que tu trouveras l'arme divine que tu recherches. » Pénétrant dans la grotte en apparence banale, le Minotaure se retrouva pris au piège dans un labyrinthe. Toutefois, le roi savait que le temps jouait contre lui et que cet être immortel finirait un jour par sortir. Il fit alors appel aux plus puissants guerriers et mercenaires de toute la Grèce, afin d'anéantir la bête : tous périrent. Désemparé, Minos se résigna à utiliser une technique de scellement magique pour emprisonner le Minotaure à jamais. Pour réaliser le sceau, il lui fallait sacrifier sept jeunes femmes et sept jeunes hommes. Pour ce faire, il fit venir quatorze Athéniens, dont Thésée, le fils du roi Égée. Celui-ci fit du charme à la fille de Minos, Ariane, pour lui soutirer des informations. Ayant appris l'immense pouvoir de la double hache, il la vola avec l'aide d'Ariane et se rendit, au côté des Athéniens, dans le labyrinthe. Tandis que la fille de Minos tenait la bout de la pelote de laine qui permettrait à Thésée de retrouver son chemin, l'un de ses serviteurs les accompagna dans l'antre de la bête. Bien que muni d'une puissance de feu divine, Thésée ne fit pas le poids face au monstre, bien plus fort et habile que lui au combat. Mais le perfide prince avait tout prévu. Il assassinat lui-même le Crétois qui l'accompagnait et les derniers Athéniens. Il utilisa ensuite leur sang afin de sceller le démon à l'aide du pouvoir de la hache. Il put ainsi sortir triomphant, prétendant avoir tué le Minotaure et n'avoir, malheureusement, pu sauver ses amis. Aveuglée par ses sentiments, Ariane le crut sur parole et s'enfuit avec lui. À bord du navire voguant vers Athènes, l'alcool coula à flots pour fêter la « victoire » du prince. Sous l'emprise de la boisson, celui-ci ne put s'empêcher de vanter son intelligence et la façon dont il avait manipulé tout le monde : Ariane, son serviteur et même ses propres concitoyens ! Il ne lui restait plus qu'à ramener la double hache à Athènes et trouver le moyen d'en contrôler la puissance et la retourner contre l'hégémonique Crête. La fille de Minos avait tout entendu, et rien n'est plus dangereux qu'une femme trompée. Pendant que Thésée cuvait son vin, elle remplaça la double hache, enfermée dans un coffre en bois, par des sacs de sable utilisés comme ballast sur le navire. Au petit matin, elle profita d'une escale pour descendre en emportant son précieux butin. Sans se préoccuper d'elle et ne se doutant nullement du tour qu'elle lui avait joué, Thésée abandonna Ariane et retourna prestement chez lui. La Minoenne parvint à rentrer chez elle et se confessa, honteuse, à son monarque de père. Ce dernier lui pardonna ses errements de jeunesse mais il tira aussi les leçons de cette mésaventure. De toute évidence, la double hache n'était pas assez en sécurité au palais. Il décida de l'entreposer en lieu sûr quelque part dans les montagnes et il scella l'endroit avec plusieurs prêtresses. Chacune d'elle possédait un quart de la tablette de bronze portant les incantations permettant de briser le sceau. Ainsi, de génération en génération, les descendantes des quatre prêtresses eurent pour mission de protéger les amulettes contre les personnes malveillantes. C'était la raison pour laquelle la sœur de Hermaion venait d'être enterrée. Les Minoens l'avaient torturée à mort la veille au soir avant de fuir dans les montagnes. La gendarmerie de Paleohora était encore à leur recherche.

À cette nouvelle, le sang de Théophile ne fit qu'un tour. Les séparatistes crétois n'avaient que quelques heures d'avance sur lui et il pouvait encore les rattraper. Laissant Promethos et Kémal derrière lui, il prit congé et partit sans tarder vers le lieu où le corps de la défunte avait été retrouvé. Il avait été balancé du haut d'une colline surplombant la plage où il avait atterri. C'est donc là que Théophile commença à pister ses adversaires. La tâche ne fut pas simple car les gendarmes avaient pollué la zone et les terroristes portaient les mêmes chaussures militaires qu'eux. C'est du moins ce que le jeune homme crut de prime abord. En effet, tout comme les policiers, il ne parvint pas à retrouver leur trace sur la colline dominant l'étroite plage sablonneuse. Si l'emploi de chiens renifleurs et d'un hélicoptère n'avaient pas permis aux forces de l'ordre de mettre la main sur les meurtriers, alors peut-être s'étaient-ils trompés. Le corps était sûrement arrivé par la mer. En se fondant sur cette supposition, le fils Amadès s'éloigna du village en longeant la côte. Après avoir parcouru une quinzaine de kilomètres vers l'est, et n'y croyant plus vraiment, il aperçut enfin des traces de pas sur le sable humide. Elle menaient à un canot pneumatique caché sous une touffe de laurier sauvage en fleur. En un clin d'œil, il comprit que la chance avait tourné.

La forme, la profondeur et le nombre des empreintes indiquaient la présence de six hommes plutôt trapus. Loin d'être apeuré, le jeune homme ressentit l'excitation de la traque. Accélérant le mouvement, il gravit d'un pas alerte et quasi inaudible, tel un félin, la piste escarpée qui serpentait sur les coteaux arides et vallonnés. Tandis qu'il progressait rapidement depuis le fond d'une gorge flanquée de deux falaises calcaires verticales, un bruit de pas l'arrêta net. Un groupe descendait dans sa direction sans prononcer un mot. Leur silence laissait entendre qu'il ne s'agissait pas de touristes, d'autant qu'aucun sentier de randonnée ne passait par là. Théophile se faufila derrière les rochers tombés au pied des falaises. Il lui fallut patienter quelques minutes interminables pour voir apparaître, enfin, ses concurrents.

Tous avaient « l'allure de l'emploi ». Cheveux ras, treillis et chaussures militaires auraient pu faire penser à des soldats en exercice. Mais leurs manières désordonnées et leur armement au rabais disaient tout autre chose. AK74 en bandoulière, deux chargeurs à la ceinture, un couteau de combat à la cuisse et une arme de poing à la cheville : un tel arsenal, associé à leur mine renfrognée au regard froid et dur, n'incitait pas à la discussion. Cela convenait tout à fait à Théophile. Il allait enfin pouvoir tester le cadeau de Rodolphe le Maudit en conditions réelles. Pour fêter l'obtention de son permis de chasse, le châtelain avait offert au jeune homme un fusil de précision, un HPX3 de la marque autrichienne Voere. Il ne s'était pas moqué de lui avec ce modèle à près de dix mille euros avec les options. Bien que de catégorie C, l'arme avait tout d'une grande. Son apparence générale rappelait celle des fusils de snipers. Tout était pensé pour un confort de tir optimal en position allongée. La crosse pliante de longueur ajustable autorisait un moindre encombrement, même si le canon dépassait du barda. Elle était dotée d'une plaque de couche de hauteur réglable pour une meilleure prise au niveau de l'épaule, d'un repose joue et d'une poignée repose main réglables. La poignée avec repose main située à côté du pontet améliorait la prise en main. Pour stabiliser l'arme, un bipied ajustable soutenait la partie avant. Pour un tir de précision à longue distance, une lunette Nikon Monarch 7 était vissées sur rail Picatinny. Enfin, le canon martelé flûté de vingt-trois millimètres se terminait par un frein de bouche limitant le recul et le relèvement de l'arme lors du tir. Bien qu'en changeant simplement la culasse et le canon (à l'aide d'un vulgaire tournevis), il eût été possible de modifier le calibre de l'arme, le fils Amadès s'était contenté de munitions . 308W. De tailles relativement petites, elles permettaient d'utiliser un chargeur de dix coups. Le fusil, véritable bijou de technologie, subjuguait le jeune homme. Il était tombé sous le charme martial de ses courbes fines et fortes, de sa teinte noire mate. Le Blondinet n'aimait pas la chasse mais l'obtention du permis était plus facile que celle de la licence de tir. Et puis, il allait bientôt pouvoir étrenner son nouveau jouet dans le sport le plus jouissif de tous : la chasse à l'homme. De prime abord, on aurait pu croire qu'avec un tel engin, Théophile surclasserait ses adversaires et leurs vieilles AK74. Mais le jeune homme restait prudent, conscient de ses faiblesses. Les fusils d'assaut russes fonctionnaient en automatique : une partie des gaz de combustion servait à l'éjection de la douille vide et son remplacement par une munition neuve. Le HPX3 ne pouvait tirer que coup par coup (éjection manuelle de la douille par la culasse), bien loin de la cadence de six cents coups par minute des kalachnikovs. En terme de portée, il faisait guère mieux que les armes russes : mille mètres contre huit cents. D'autant que le jeune homme employait des munitions 7,62X51 mm OTAN de mil neuf cent cinquante. Leur grande puissance rendait le tir rapide difficile et leur dimension limitait la contenance du chargeur. Ses adversaires utilisaient du 5,45X39 mm au nombre de trente par chargeur. Plus petites, ces munitions étaient éjectées avec une plus grande vitesse initiale pour un tir précis sur plusieurs centaines de mètres. Finalement, la seule faiblesse de l'AK74 résidait dans la sensibilité de sa queue de détente : les chargeurs se vidaient rapidement entre les mains d'un novice.

Patient, Théophile attendit que ses proies se trouvent à une distance raisonnable dans la partie la plus étroite de la gorge, sans possibilité de mise à couvert. Au premier coup de feu, le molosse qui ouvrait la marche s'effondra dans un fracas sourd, des morceaux de sa cervelle tapissant les parois rocheuses environnantes. Paralysés de stupeur, ses collègues le rejoignirent rapidement dans l'autre monde. Un seul d'entre eux eut le bon réflexe : il se coucha au sol, se servant de ses défunts camarades comme bouclier avant d'arroser copieusement le jeune Amadès à coups de kalachnikov. Avec un calme olympien malgré les balles qui ricochaient autour de lui, Théophile ajusta son tir, et une ogive vint se loger dans le front du dernier Minoen, lui ouvrant ainsi le troisième œil tout en lui arrachant la moitié arrière du crâne. Le silence revint enfin : c'était bien là l'inconvénient des freins de bouche. Le niveau sonore lors du tir était douloureux pour le système auditif. Théophile avait d'ailleurs hésité à utiliser un silencieux, mais il craignait un enrayement du fusil.

S'ensuivit une fouille minutieuse des corps. Muni de gants pour ne laisser aucune empreinte, le sniper s'affaira à chercher sur ses victimes tout ce qui pouvait lui apporter des informations. Malheureusement, la récolte fut maigre : pas de papiers ni de portefeuille ou même de portable, juste une carte de la région. Seul point positif, la troisième amulette était enfin en sa possession. Sans qu'il puisse l'expliquer, le jeune homme fut interpellé par le tatouage que portaient deux des terroristes. Un serpent jaune et vert aux yeux rouge vif s'enroulait autour de leur cou, et sa tête hideuse trônant sur leur nuque provoquait chez Théophile un sentiment d'effroi. Sans perdre de temps car l'après-midi était déjà bien entamé, le Blondinet reprit la route en direction de Paleohora. Se gardant bien de parler de ses péripéties à ses compagnons de voyage, il passa les deux jours suivants à bord du trawler, essayant en vain de comprendre la signification des symboles gravés dans le bronze des amulettes. Kémal et Promethos de leur côté, communiquant péniblement en anglais, avaient fait plus amples connaissances en parcourant le petit bourg dans tous les sens. Mais ce soir-là, les vacances et le farniente devaient prendre fin brutalement. Théophile, affalé dans le divan de la salle à manger, plongé dans des pensées un peu défaitistes, fut brusquement ramené à la réalité.

« On a un grave problème, lâcha Kémal en déboulant dans la pièce aux côtés de Promethos.

- Qu'est-ce qui a bien pu interrompre votre bain de minuit, alors qu'il n'est que vingt-deux heures ? plaisanta Théophile.

- Les parents d'Isabelle viennent de m'appeler. Elle a été kidnappée par les indépendantistes avec toute l'équipe de fouille. Un éleveur de chèvre du coin les a vus et a prévenu les flics mais ils sont dans l'impasse. »

Ces quelques mots, prononcés en un souffle, effacèrent le sourire du jeune Amadès.

« Il semblerait que les affaires reprennent », conclut-il gravement.

Le trio décida de naviguer de nuit jusqu'à Matala où il devait pouvoir louer une voiture pour rejoindre le site

archéologique par le sud. Mais ce plan allait-il fonctionner ?
Quelles nouvelles surprises la Crête leur réserverait-elle encore ?

Une magnifique nuit étoilée, sans lune, rythmée par le clapotis des vagues qu'une douce brise iodée emmenait au loin. Malgré ce cadre idyllique, Kémal était d'humeur maussade. Tandis qu'il tenait la barre, la beauté de la voûte céleste ne parvenait pas à le soustraire à l'angoisse qui le tenaillait. « J'espère qu'elle voit le même ciel que moi et que ça l'aide à surmonter tout ça », se murmura-t-il à lui-même.

Il se sentait un peu seul sur le bateau et ne pouvait s'empêcher de prier pour sa bien-aimée. Il faut dire que ses deux compagnons ne le soutenaient guère. Promethos était gentil, mais son anglais trop approximatif ne permettait pas vraiment de surmonter la barrière linguistique. Quant au Blondinet, le courant ne passait décidément pas ! Tout semblait glisser sur lui comme l'eau sur les plumes d'un canard. Rien ne pouvait le perturber : sa froideur et son regard éteint avaient quelque chose de morbide. D'un autre côté, Kémal se sentait rassuré par sa présence et sa solidité, même si ses réflexions racistes commençaient à le lasser. C'était finalement peut-être mieux qu'il ne comprenne rien à la discussion, apparemment tendue, qui occupait Promethos et Théophile dans la salle de séjour. En effet, quelques minutes plus tôt, le jeune Crétois avait tendu le journal au Français en demandant sèchement : « Est-ce que c'est toi ? ».
La première page titrait : « La police retrouve les terroristes ».
« Est-ce que tu les as tués tous les quatre ? précisa Promethos.
- Comment ça tous les quatre ? » s'étonna l'intéressé.

En effet, l'article mentionnait bien la découverte de quatre cadavres. Mais où pouvaient bien être les deux autres ?
« Mais qui es-tu à la fin ? insista l'adolescent.
- Ces mecs ont massacré ta famille et tu pleures leur mort ? s'indigna Théophile.
- Bien sûr que non !
- Alors où est le problème ?
- Hermaion m'a dit de me méfier de toi, car tu apportes la mort. Au début, quand il m'a parlé du guerrier Arya qui viendrait pour prendre la hache sacrée, je n'y ai pas cru. Mais maintenant, j'ai des doutes. Que cherches-tu à la fin ?

- Si je te répondais que je suis là pour libérer le Minotaure, serais-tu rassuré ?

- Pas vraiment. Si tu crois, toi aussi, à ces vieux contes pour enfants, alors tu es aussi cinglé que ces foutus fachos !

- Tu as peut-être raison, mais là n'est pas la question. Si tu souhaites te venger, tu dois creuser deux tombes : la tienne et celle de ton ennemi. Alors ou tu vas jusqu'au bout ou tu te dégonfles tout de suite. »

Cette dernière réplique avait mis un terme à la conversation. Pris de doute, le jeune Alexakis s'était enfermé dans un mutisme cachant difficilement les forces opposées qui s'affrontaient en son for intérieur. Après tout, n'était-ce pas lui qui avait choisi de suivre ce Français ? N'était-ce pas lui qui voulait venger sa famille ? Sa motivation aurait-elle faibli ? Serait-il capable de tuer ou même de voir mourir un être humain? Toutes ces questions se bousculaient dans sa tête lorsqu'une lumière aveuglante inonda la pièce. Pressentant le danger, Théophile sortit immédiatement son « matériel ». Le phare qui les éclairait provenait d'une sorte de go-fast se rapprochant à vive allure. Théophile stoppa les machines, et eut à peine le temps de mettre à l'abri Kémal et Promethos dans la cale, avant qu'une première salve ne transperce la coque de leur bateau. L'abordage se poursuivit par d'autres tirs nourris accompagnés de cris en arabe. Le « tac-tac-tac » de leurs fusils automatiques avait quelque chose de familier.

« Encore des AK47. Je comprends mieux pourquoi c'est le fusil le plus vendu au monde : tous les terroristes en possèdent ! » ironisa intérieurement Théophile.

Au son de leurs voix, le jeune homme, toujours allongé au sol, dénombra quatre pirates qu'il laissa monter à bord pour un accueil « chaleureux ». Alors que le pilote des pirates restait à son poste, ses trois acolytes se précipitèrent sur le pont du trawler. L'un contourna la cabine par la gauche, l'autre par la droite et le dernier resta en face pour faire le guet. Ils n'en étaient de toute évidence pas à leur coup d'essai : leurs mouvements étaient précis et rapides. En un éclair, Théophile dégaina son semi automatique et tira deux coups à travers les fenêtres. Voyant ses deux complices s'écrouler, le troisième pirate canarda la cabine jusqu'à épuisement de son chargeur. Perdant ses moyens sous l'effet du stress, il n'eut pas le temps de recharger : une troisième balle du Français lui pulvérisa la gorge. Pris de panique, le quatrième larron lança une grenade qui, par chance, atterrit à côté du cabin cruiser de Kémal. S'apprêtant à en envoyer une seconde, il fut fauché par une salve de kalachnikov. En tombant, il lâcha la grenade dégoupillée qui offrit à Théophile un magnifique feu d'artifice. Les reflets ambrés de l'incendie sur la surface, tandis que le go-fast sombrait lentement, provoquait chez lui un certain émerveillement. Les kalachnikovs des pirates sortaient de l'ordinaire car elles possédaient une crosse pliante : une fois repliées, elles ne mesuraient plus que soixante-neuf centimètres au lieu des quatre-vingt-quatorze habituels. Sur le plan esthétique, en revanche, ces légères AK74 tout en plastique ne pouvaient rivaliser avec le lustre des crosses en bois des modèles précédents. Après les avoir ramassées, le Blondinet alla vérifier comment se portaient ses compagnons d'infortune. Tous les deux étaient trempés d'urine mais en bonne forme. Après quelques minutes passées à fixer les cadavres, Kémal fut le premier à sortir de sa torpeur.

« Putain ! C'était qui ces gars ? s'écria-t-il.

- Quoi ? Tu ne reconnais pas tes coreligionnaires ?

- De quoi tu parles ?

- Ce sont des pirates libyens. C'est pour ça que cette mer s'appelle la mer de Libye. Depuis la chute de Khadaffi, ils s'en donnent à cœur joie. Ils ont dû penser qu'un petit bateau de plaisance serait une prise facile. C'était leur dernière erreur. Ah, ces Musulmans ! »

Kémal n'eut pas le temps de relever l'allusion. Promethos, la gorge nouée, leur annonça que leur embarcation prenait l'eau : la grenade avait troué la coque. Comme si cela ne suffisait pas, les tirs de kalachnikov avaient détruit tous les systèmes de commande et le bateau dérivait. N'ayant guère d'autre choix, les trois matelots embarquèrent sur le canot gonflable de secours en emportant tout ce qu'ils pouvaient. Ils regardèrent, impuissants, leur engin couler. Pour couronner le tout, dépourvus de carte ou d'outil de navigation, ils ne savaient pas où aller. Le Crétois tenta bien d'appeler les secours mais son portable n'était pas chargé. Celui de Kémal avait pris l'eau et Théophile n'en avait tout simplement pas. Avec un sang-froid hallucinant, le jeune Amadès enleva sa chemise et commença calmement à soigner sa plaie au bras, comme s'il ne sentait pas la douleur.

« Franchement, t'es pas humain ! lança le Sénégalais interloqué.

- Bah ! Ce n'est pas bien grave : la balle a juste traversé le gras. En revanche, comme je l'ai toujours dit, les portables ne sauvent pas la vie, d'autant qu'ils causent des cancers du cerveau ! plaisanta le Blondinet.

- Comment peux-tu te marrer dans un moment pareil ?!

- Je te trouve bien péremptoire. À ma montre qui, elle, est étanche, il est deux heures trente du matin. Nous avons pris la mer de Paleohora vers vingt-deux heures trente et nous sommes arrêtés vers deux heures du matin. À environ vingt kilomètres par heure, nous avons parcouru environ soixante-dix kilomètres. Nous devrions donc voir les lumières de Matala à une vingtaine de kilomètres vers l'est. Hors, on ne voit rien. En fait, on ne voit même pas la côte crétoise ! Cela signifie que tu as piloté comme un idiot et que tu as dévié vers le sud. Il ne nous reste plus qu'à ramer vers l'ouest sur une quinzaine de kilomètres pour atteindre Gavdos. De là, nous rejoindrons Matala par ferry. »

Ainsi fut dit, ainsi fut fait. Ramant à tour de rôle en se guidant avec l'étoile polaire, les trois naufragés débarquèrent au lever du jour sur une plage rocailleuse. Gavdos, île la plus méridionale de Grèce et donc d'Europe ne charma guère les jeunes gens épuisés. Ses paysages érodés presque désertiques expliquaient peut-être le faible peuplement de l'île. En un sens, l'histoire semblait se répéter. Gavdos avait abrité des terroristes marxistes et servait maintenant de base opérationnelle aux pirates libyens. Sous la houlette de Théophile, le trio dut encore parcourir une dizaine de kilomètres à pied pour arriver à Karave, ville portuaire d'où partaient les ferries. Épuisés par une nuit blanche pleine de rebondissements, les trois compères apprécièrent la pause au café du coin. Promethos en profita pour demander des précisions sur les trajets vers Matala.

« Que vas-tu faire maintenant ? interrogea Théophile. Il te serait facile de me dénoncer à la police.

- Ça te fait peur ? demanda le Sénégalais, un sourire en coin.

- Pas vraiment. D'abord il n'y a aucune preuve et ce serait ta parole contre la mienne. Ensuite, il faudrait parler de la rixe dans le bar de La Canée dans laquelle tu es impliqué. Et enfin, me dénoncer avant d'avoir retrouvé Isabelle serait contre-productif car mon aide pourrait s'avérer nécessaire.

- Je te reconnais bien là. Toujours aussi calculateur. Rassure-toi, je ne vais pas aller voir les flics. C'est surtout pour moi une question d'honneur. Tu m'as sauvé la vie deux fois, alors c'est moi qui ai une dette. »

En fin de matinée, le trio atteignait enfin Matala, une petite bourgade de pêcheurs, connue principalement pour ses grottes ayant servi de repaire aux hippies dans les années soixante. Ces derniers avaient fait découvrir aux gens du cru les bienfaits du cannabis. Lesdites grottes trouaient la falaise quasi verticale qui se jetait dans les eaux turquoises de la baie bordant la plage de sable blanc. Ce panorama aurait pu subjuguer les trois jeunes gens, mais le voyage de près de quatre heures et le stress occasionné avait eu raison de leur sens de l'esthétisme. Pourtant, ils pouvaient s'estimer heureux que Promethos soit parvenu à leur dégotter un plaisancier avenant pour les transporter jusqu'à Matala, leur épargnant près d'une journée de trajet. En effet, la petite troupe avait eu la mauvaise surprise d'apprendre qu'aucun ferry ne desservait la petite ville depuis Gavdos. Mais il lui restait encore de la route à faire. Sans perdre de temps, Kémal, le seul à disposer d'un permis de conduire, avait loué une voiture et la petite troupe avait entamé la dernière étape de son périple. Assis à la place du mort, Théophile appréciait d'avoir un chauffeur. Il pouvait ainsi se détendre un peu en observant le paysage qui s'offrait à lui le long de la route. Ce n'était pas sans raison que la Messara était surnommée le grenier à céréales de la Crète. Les champs formaient un patchwork recouvrant les petites collines jusqu'à l'horizon. La moisson avait commencé. Les champs jaune paille jouxtaient les vergers d'oliviers vert pâle. Après avoir passé le site archéologique de Phaistos et parcouru à vive allure une dizaine de kilomètres, une pause s'imposa. La route se divisait au niveau d'Agii Deka. Kémal voulait prendre par le nord pour rejoindre Héraklion et suivre le même trajet que les filles quelques jours auparavant. Être à la croisée des chemins n'est jamais chose facile. Théophile préférait prendre le temps de la réflexion. Il avait demandé à Promethos de faire jouer ses relations dans la police pour obtenir des informations fraîches. Vingt-quatre heures après l'enlèvement, les otages et leurs ravisseurs demeuraient introuvables. Pourtant, la police avait mis les moyens : barrages routiers, avis de recherche, hélicoptères, près de trois cents agents sur le terrain et des chiens. Le dispositif était à la mesure de la gravité de la situation et de la pression qui s'exerçait sur les autorités. Parmi la quinzaine d'otages, on ne comptait que trois personnes de plus de vingt-cinq ans. Il s'agissait des trois enseignants encadrant les fouilles. Les douze autres étaient des étudiants de trois nationalités différentes : trois Françaises, trois Italiens et trois Grecs. En ajoutant leurs geôliers, on dénombrait environ quarante-cinq individus. Comment un groupe aussi important pouvait-il s'être volatilisé ? Les ambassadeurs français et italien ne comprenaient pas et l'image touristique de l'île risquait d'en pâtir. En outre, les terroristes n'avaient donné aucune nouvelle : pas de réclamation politique, pas de demande de rançon, pas le moindre contact. Cela ajoutait encore à l'angoisse des familles : leurs proches étaient-ils seulement encore en vie ?

« Avec les technologies qu'on a aujourd'hui, ça paraît incroyable qu'on ne les trouve pas ! s'emporta Kémal.

- Au contraire ! C'est très logique, expliqua Théophile. Il suffit de détruire les téléphones portables pour les rendre indétectables et il est facile de se cacher dans les montagnes du Lassithi compte tenu de la faible densité de population. Si personne n'habite dans les parages, on peut passer inaperçu. Mais puisque tu as envie de

44

parler, dis-nous plutôt des choses utiles. Donne-nous des infos utiles sur les fouilles : lieu exact, objets découverts, etc.

- Pour le lieu, je sais juste que ce n'était pas loin du site archéologique de Trapeza, sur le plateau du Lassithi. Par contre, j'ai des photos que Rhym m'a envoyées. »

Joignant le geste à la parole, Kémal se connecta à internet avec son nouveau portable acheté à Matala. Les pièces jointes au courriel de Rhym émurent le Sénégalais. On y voyait les trois amies posant souriantes, et rouges comme des écrevisses du fait de la chaleur. Promethos remarqua qu'elles étaient très jolies. Théophile, quant à lui, dut attendre la toute dernière image pour comprendre un peu mieux la situation. Il s'agissait du dernier morceau de la tablette de bronze. Comment les Minoens l'avaient-ils su ? Ils devaient disposer d'une source proche des fouilles.

« Au moins, les choses sont claires maintenant, soupira Théophile.

- Parle pour toi ! grommela Kémal.

- En rassemblant toutes les données, voici ce que je peux vous dire. On sait que les séparatistes cherchent à récupérer la hache sacrée du roi Minos, probablement dans l'espoir d'acquérir la puissance nécessaire pour faire sécession. D'où le nom qu'ils se sont donnés : Minoens. D'après la légende, il a fallu sacrifier des êtres humains pour mettre en place un sceau magique rendant la double hache inaccessible. Il y a donc fort à parier que les otages fassent office en réalité d'offrandes sacrificielles pour desceller la hache. C'est pourquoi aucune rançon n'a été réclamée. La question qui se pose maintenant, c'est la localisation des terroristes. On sait que la période proto-palatiale crétoise se termine vers l'an mil sept cent avant Jésus Christ. À cette époque, les trois grandes puissances sont Knossos, Phaistos et Malia. Les palais qui s'y trouvaient ont tous été détruits à cette même période. Personne ne sait vraiment pourquoi : séisme, guerre ? Si on se réfère aux fragments de la tablette, on note un mélange de caractères hiéroglyphiques et de linéaire A. On se situe donc entre mil six cent et mil huit cent avant Jésus Christ. Tout ceci nous amène donc à la conclusion que le Minotaure de la légende aurait détruit les trois palais et que, pour le stopper, Minos l'aurait emprisonné dans un lieu difficile d'accès à bonne distance des pôles urbains de l'époque. Ceci nous conduit au massif du Lassithi où culmine le mont Dikté à plus de deux mille mètres. C'est le lieu supposé de la naissance de Zeus. Ces montagnes avaient à l'époque un caractère sacré et on peut donc penser que c'est par là que se trouve la hache. Cela nous laisse tout de même une centaine de kilomètres carrés à fouiller ! On devrait réussir à affiner un peu tout ça. On sait que les séparatistes et leurs otages ont quitté le site archéologique près de la grotte rituelle de Trapeza vers seize heures. S'ils ont marché jusqu'à la tombée de la nuit, ils n'ont guère dû faire plus de dix kilomètres dans ces montagnes escarpées, surtout avec les filles pas très sportives. Cela veut dire qu'ils sont à peu près dans cette zone. »

Devant ses deux compagnons de route hébétés, il dessina un cercle sur la carte d'un geste sûr et assez satisfait.

En même temps qu'ils reprenaient la route vers l'est, en direction du massif du Lassithi, Promethos prévenait la police afin d'augmenter leur chance de sauver les otages. Le trio avait avalé rapidement les cinquante kilomètres les séparant des contreforts du Lassithi. À l'embranchement d'où partaient les routes vers Hersonissos au nord et Ierapetra à l'est, une petite demoiselle les attendait. La jeune femme d'une petite vingtaine d'années était une amie de Promethos. Il l'avait appelée en renfort car elle connaissait parfaitement les montagnes et pourrait les guider. Bien qu'exerçant le métier de garde forestier, elle n'en n'avait pas exactement l'allure. Certes, elle portait des chaussures de randonnée de qualité et son short laissait apparaître des cuisses musclées. Tous ses vêtements avaient les mêmes couleurs : jaune pâle, vert et noir, typique des treillis militaires. Cela s'appliquait aussi bien à ses chaussettes remontantes qu'au ruban nouant ses longs cheveux ébènes. Son visage, en revanche, ne montrait pas la même sobriété. Ses grands yeux verts étaient mis en valeur par un far à paupière sombre et ses fines lèvres arboraient un rouge vermillon flamboyant. Ses joues charnues portaient juste ce qu'il fallait de fond de teint. Malgré son accueil chaleureux et son large sourire, Théophile sentait qu'il y avait anguille sous roche. Cette fille cachait quelque chose. Les soupçons du fils Amadès se renforcèrent lorsque leur guide proposa de partir sur le champ. En effet, après avoir parqué la voiture dans une petite clairière, il était déjà dix-sept heures. Avec seulement trois heures et demie d'ensoleillement restant, il semblait un peu tard pour partir à l'assaut du massif qui les surplombait. Mais puisque leur accompagnatrice était sûre d'elle, les trois garçons lui emboîtèrent le pas. En tête de peloton, leur guide voyageait léger, comme si elle prévoyait un trajet de courte durée. Théophile la talonnait de près, tous ses sens aux aguets. Comme il l'avait prévu, Promethos et surtout Kémal ne tardèrent pas à ralentir : la chaleur et surtout leur manque d'endurance eurent finalement raison d'eux. Théophile demanda alors à Ariane, leur garde forestier attitrée, de faire halte au sommet d'une colline. Il tenait à pouvoir aisément surveiller les alentours. L'ascension acheva les deux retardataires. Avec ses jumelles à vision nocturne, le Blondinet scruta les vallons voisins en vain. Il profita de la pause pour discuter avec Ariane de la marche à suivre. Elle partagea volontiers ses connaissances et surtout sa carte détaillée réservée normalement aux agents forestiers. Sa motivation ne faisait aucun doute et intriguait encore davantage Théophile. Galanterie à la française oblige, il offrit son sac de couchage à la jeune femme. Profitant des derniers rayons rougeoyants du soleil couchant, Théophile demanda quelques compléments d'information concernant Ariane. Promethos lui expliqua qu'elle était orpheline et que sa famille l'avait accueillie toute une année. Elle aussi voulait venger la mort des parents et de la sœur du jeune homme. Cette histoire ne satisfaisait guère le Français. Quel secret Ariane cachait-elle ? Fallait-il s'en inquiéter ?

Aux aurores, Théophile, qui n'avait dormi que quatre heures, secoua les trois marmottes qui peinaient à émerger. Après un frugal et rapide petit-déjeuner, la troupe repartit. L'air grave, Théophile pressentait que le dénouement était proche. Et effectivement, la chance (ou pas) fut de leur côté. Sur les coups de midi, des voix résonnèrent dans le vallon qu'arpentait le quatuor. Théophile exigea le silence le plus complet tandis qu'il escaladait la paroi escarpée qui les séparait du camp ennemi. Une fois au sommet de la falaise, il rampa silencieusement jusqu'à l'autre versant. En contrebas, au fond d'une gorge profonde et étroite se terminant en cul-de-sac, un chapelet de tentes en toile verte épaisse s'égrenait sur une centaine de mètres. Seize hommes surveillaient l'entrée du corridor et une quinzaine d'autres faisaient des rondes entre les tentes où se trouvaient vraisemblablement les otages. Une observation approfondie des lieux fit comprendre à Théophile qu'une attaque en solo était suicidaire. Descendre en rappel le long des parois, c'était s'exposer à se faire repérer et descendre en moins de deux. Attaquer par l'entrée étroite revenait au même : il n'y avait aucun espace à couvert et il se ferait tiré comme un lapin. Et puis il y avait plusieurs zones d'ombre. Sur les trente et un terroristes, seuls seize portaient un serpent sur le cou et le jeune homme en connaissait déjà deux ! Les deux qu'il avait descendus près de Paleohora se promenaient là en pleine forme. En outre, celui qui semblait être le chef était en compagnie d'une femme habillée bizarrement. Désemparé, Théophile décida d'appeler la police : malheureusement, impossible de capter un réseau dans ces montagnes. Le jeune homme ne pouvait cependant pas prendre de décision sans quelques éclaircissements.

« Maintenant, il est temps de tout nous dire, lança-t-il à l'attention d'Ariane. Le chef des Minoens se promenait avec une femme accoutrée à l'ancienne et portant le même nœud dans les cheveux que toi. C'est une de tes amies ? »

Visiblement soulagée de dire la vérité, notamment vis-à-vis de Promethos, Ariane raconta son histoire. Comme toutes les prêtresses de la déesse mère minoenne, elle portait le nœud sacré.

Elle était entrée dans les ordres suite au décès de la grand-mère de Promethos. Cette dernière n'ayant pu convaincre sa fille de lui succéder, et Ariane étant là au bon moment, elle fut désignée volontaire. Elle rejoignit ses consœurs dans une sorte de lieu de formation dans les montagnes avoisinant Malia, dans le nord-est de la Crête. Il régnait là une certaine complicité entre les filles : les anciennes partageaient leur savoir mais aussi leurs expériences et conseils avec les novices. L'apprentissage en langue ancienne était ardu mais plaisant. Ariane s'était trouvé une nouvelle famille. Elle discutait souvent avec une femme un peu plus âgée et expérimentée qu'elle et qui répondait au doux nom de Daphné. Cette dernière savait que toutes les formules magiques et les rituels étaient difficiles à mémoriser. D'autant que personne ne les comprenaient ! Ils s'étaient transmis oralement au fil des siècles mais leur signification demeurait obscure car la langue minoenne ne se parlait plus. Daphné soutenait donc Ariane quand celle-ci trouvait la tâche trop ingrate. Elle la couvait presque comme une mère et toutes les deux riaient et s'amusaient. Mais un jour, le petit monde d'Ariane s'effondra. Alors qu'elle revenait des commissions, elle appela ses sœurs pour l'aider à porter les sacs. C'était habituel mais le silence qui lui répondit ne l'était pas. L'angoisse montant en elle, Ariane lâcha les victuailles et se précipita à l'intérieur de la maison troglodytique. Là, une vision d'horreur l'arrêta net. Gisant çà et là dans leur propre sang, les corps de ses condisciples, tels des pantins désarticulés, ne bougeaient plus, figés par la mort. Après l'effroi, le visage ruisselant de larmes, l'adolescente tenta désespérément de ranimer ses amies, en vain. Dans l'une des chambres, elle retrouva la plus ancienne qui respirait encore. Dans un dernier souffle, elle murmura : « C'était Daphné ». Ariane ne comprit pas sur le moment. Elle réalisa peu après que Daphné ne faisait pas partie des victimes. Jusqu'à ce jour, elle ne savait pas ce qu'il lui était arrivé. Si elle était avec les terroristes, c'était sûrement pour leur ouvrir la porte du labyrinthe.

« Je croyais qu'ils voulaient la hache, pas le Minotaure, intervint Théophile.

- Les deux se trouvent au même endroit. Mais pour ouvrir la porte, il leur faudra sacrifier trois personnes et dix de plus pour desceller la hache.

- Mais pour ça, il leur faut la tablette de bronze, non ? questionna Promethos.

- En fait, il suffit d'avoir le bon morceau de la tablette car les trois autres ne servent qu'à libérer le monstre.

- Ne me dites pas que vous croyez à toutes ces foutaises ! s'enflamma Kémal. On est au XXIe siècle !

-Ce qui compte, c'est qu'eux y croient, trancha Théophile. On n'a pas le choix, il faut agir tout de suite. Je peux compter sur vous ? »

Après un « oui » unanime, le jeune Amadès leur donna une kalachnikov à chacun (celles qu'il avait prises aux pirates) et leur montra en accéléré comment s'en servir avec parcimonie pour économiser les munitions. Ensuite, il leur confia la mission d'enfumer la gorge afin de faire diversion pendant qu'il attaquerait par le sommet des falaises. Théophile avait remarqué une brise circulant dans le défilé et remontant à la verticale du cul-de-sac. En brûlant quelques branches de pistachier et de cyprès à l'étouffée, il devait être possible de générer assez de fumée pour, d'une part, aveugler l'ennemi et, d'autre part, alerter les secours. Pendant que ses alliés préparaient la diversion, Théophile prenait position. Il attacha une corde à un piton rocheux pour la descente en rappel. Puis il choisit une position de tir et arma son .308. Afin de ne pas se faire repérer au son de son arme, il avait demandé à ses partenaires de tirer chacun une fois en l'air toutes les cinq secondes. La résonance des tirs entre les falaises désorienterait les terroristes. Enfin, lorsque l'épaisse fumée commença à approcher de la première ligne de défense, Théophile utilisa une fronde improvisée pour lancer les deux grenades qu'il avait empruntées aux Libyens. Il atteignit sans problème les deux postes de garde situés de part et d'autre de l'entrée de la gorge. Puis il s'allongea à l'emplacement repéré préalablement et élimina les terroristes ne portant aucun tatouage au cou, puisque, apparemment, ceux-là n'étaient pas immortels. Ce qui l'effrayait, c'était les autres. Ariane lui avait affirmé qu'aucun sortilège de prêtresse minoenne ne pouvait rendre un homme immortel. En outre, elle ne savait pas comment en venir à bout. Cela n'était guère rassurant mais il ne pouvait plus reculer. Théophile abattit donc sans difficulté les quinze premiers combattants qui, contrairement à leurs collègues tatoués, ne se relevèrent pas. Les autres semblaient guérir comme par magie et se remettaient d'une balle dans la tête en une dizaine de minutes. Les séparatistes, pris de panique, couraient en désordre vers l'entrée de la gorge, croyant que la menace venait de là. L'épaisse fumée gênant la vue de Théophile, ce dernier dut se résoudre à descendre dans l'arène. Sans un bruit, il dévala les trente mètres de corde et atterrit sans encombre sur le sol rocailleux. Un mouchoir imbibé d'eau sur la bouche et les yeux en guise de protection contre la fumée, il avança prudemment pour prendre les terroristes à revers. Il commença par ceux qu'il avait descendus en dernier. Ne leur laissant pas le temps de se relever, il leur trancha la tête : en général, sans la tête, le corps ne suit plus. Et de fait, la méthode fonctionna sur les trois lascars. Malheureusement, la chance tourna bientôt. Atteint par une balle dans l'épaule, Théophile perdit l'usage du bras droit mais aussi beaucoup de sang. Pendant qu'il cautérisait la plaie à la flamme, un molosse lui tomba dessus. Il lui fit perdre son arme de poing avant de se ruer sur lui. Théophile esquiva mais, malgré sa corpulence, son adversaire avait de la ressource. Après plusieurs minutes passées à essayer de l'éviter, le jeune Amadès sentait ses forces le quittaient : son bras s'était remis à saigner et il avait du mal à se mouvoir. Profitant de l'occasion, le molosse tenta de faucher Théophile à l'aide d'un coup de pied rasant circulaire. Dans un dernier sursaut, le Français bloqua la jambe du Minoen entre son bras gauche et sa hanche, l'obligeant à jouer les unijambistes. D'un coup sec, Théophile l'attira au sol tout en accompagnant le mouvement d'un fléchissement des jambes. Il lui planta une lame dans le torse avant de le décapiter.

« Les chaussures à lame rétractables à la James Bond sont bien utiles parfois », pensa-t-il.

Mais sa victoire fut de courte durée. La fumée se dissipait

et les terroristes ne tardèrent pas à remarquer sa présence. N'ayant d'autre choix, Théophile s'élança vers le cul-de-sac, attirant derrière lui la douzaine de combattants encore debout. La situation semblait désespérée lorsque ses poursuivants s'écroulèrent tous, lui laissant le temps de remonter en haut de la falaise avec les armes qu'il avait pu récupérer. Les pointes habituellement employées pour crever les pneus de voiture pouvaient, de toute évidence, transpercer la semelle des chaussures. Les séparatistes venaient de l'apprendre à leur dépens. Grâce au contrepoids qu'il avait pris soin de placer à l'autre bout de la corde, Théophile avait pu grimper le long de la paroi en quelques secondes et avec une seule main. AK47 en main, il parvint tant bien que mal à repousser ses assaillants et surtout à les occuper le temps que les otages s'échappent en se faufilant entre les tentes et la paroi rocheuse, à l'insu de leurs geôliers. En effet, Théophile les avait détachés et leur avait indiqué la marche à suivre. Une fois les otages hors de portée, le Blondinet utilisa ses dernières grenades pour faire exploser les tentes, laissant croire à la mort des prisonniers. Visant la tente du chef avec une grenade incendiaire, Théophile n'assista pas à l'éparpillement du terroriste qui s'en était emparée pour sauver son chef. Le jeune Français s'écroula d'épuisement.

Le réveil fut plutôt brutal. Le visage dégoulinant d'eau, les yeux embués, Théophile ne sentit au début qu'une douleur au cuir chevelu. L'un des Minoens lui maintenait la tête en arrière tandis qu'un autre l'aspergeait d'eau glacée. Reprenant peu à peu ses esprits, le jeune homme réalisa la gravité de sa situation. La nuit était tombée. Il ne restait plus que quatre séparatistes dans la gorge totalement déserte. Plus un cadavre ne jonchait le sol. Seuls quelques restes calcinés de tentes dégageaient encore une odeur acre. La tente du chef avait disparu et lui aussi. Sur un piquet improvisé, Théophile avait les poignets ligotés dans le dos, avec des liens en plastique lui coupant presque la circulation. Idem au niveau des pieds. La suite promettait d'être savoureuse.

« Il se réveille, on va pouvoir s'amuser un peu, ricana le colosse qui tenait la tête du prisonnier.

- Salut les mecs. C'est sympa de m'inviter à votre petite sauterie. Merci pour l'eau. Elle est bien fraîche et avec une chaleur pareille, c'est appréciable, taquina Théophile.

- Tu veux faire ton mariole ? Que dis-tu de ça ? vociféra celui qui l'arrosait tout en lui infligeant un violent coup de poing dans les côtes.

- J'ai connu des gonzesses plus énergiques que ça, ironisa l'intéressé, un large sourire au visage. Tu cognes comme une pédale. Laisse plutôt faire ton pote. Il ressemble plus à un mec, lui. »

À ces mots, un autre séparatiste lui asséna un terrible coup dans le ventre qui bloqua sa respiration.

« Alors, ça te plaît ? demanda le tortionnaire, un rictus sadique défigurant son visage.

- ch..., marmonna le Blondinet.

- Parle plus fort, j'entends pas », railla le colosse en approchant son oreille de la bouche de Théophile.

C'est exactement ce que ce dernier espérait. Saisissant l'occasion, le jeune Amadès le mordit à la gorge, lui arrachant la carotide en un instant. Le balourd s'écroula lourdement et se vida rapidement.

« Plus ils sont grands et plus ils sont cons, claironna Théophile en crachant le lambeau de chair au dessus de sa tête. Je peux te dire en tous cas, que tu as le même goût que ta sale tronche : un goût de merde. »

Alors qu'un des terroristes s'apprêtait à le tabasser, un autre l'arrêta. Il s'agissait du plus petit mais aussi du plus teigneux de tous.

« Notre pote s'en remettra sous peu, mais ce ne sera sûrement pas ton cas, ricana-t-il. Tu as quelque chose à dire avant que je te découpe en petits morceaux ?

- Contrairement à vous, pauvres lavettes, je n'ai pas peur de mourir... »

Soudain, le sifflement des balles fendit le silence nocturne. À l'aide de la lame de rasoir qu'il cachait dans sa bouche et qu'il avait crachée en même temps que le bout de viande, Théophile se libéra. Profitant de l'effet de surprise, il égorgea le roquet qui le menaçait de son énorme poignard. S'emparant de son arme de poing, il descendit les deux derniers tortionnaires encore debout. Se baissant pour couper les liens qui entravaient ses chevilles, un cri le fit sursauter. Promethos l'avertit de la présence d'un cinquième larron sorti de nulle part. Grâce à cela, Théophile put esquiver les tirs et abattre le dernier homme. Après les avoir décapités, il se dirigea vers son sauveur qui, une balle dans le foie, s'effondra dans ses bras.

« Pourquoi risquer ta vie pour un type comme moi ? demanda Théophile d'une voix grelottante.

-Tu vois, j'ai choisi mon camp. Tu crois que je vais retrouver mes parents ? »

Ce furent les derniers murmures du jeune Crétois dont les yeux larmoyants se refermèrent lentement. Théophile ne parvenant pas à accepter cette fatalité, essaya de l'opérer avec les moyens du bord. Mais ses efforts restèrent vains. C'est donc un corps sans vie qu'il ramena au campement où les otages étaient rassemblés. Ariane fondit en larmes, serrant la petite frimousse de son ami contre sa poitrine. Elle venait à nouveau de perdre un être cher et se sentait coupable. Pourquoi l'avait-elle emmené là ? Pourquoi ne l'avait-elle pas retenu ? Elle n'avait rien pu faire pour sa famille et la malédiction se poursuivait. Ses hurlements de douleur poignants ne laissèrent personne indifférent. Tous avaient le cœur serré.

« Tu veux nous faire repérer ou quoi ? Essaie de faire en sorte qu'il ne se soit pas sacrifié pour rien, lança Théophile, brisant un silence funèbre pesant.

- N'as-tu donc aucun cœur ? intervint Kémal, outré. Il a perdu la vie en essayant de t'aider. Ça ne compte pas pour toi ?

- D'abord, je n'avais rien demandé. Et ensuite, si son sort t'avait vraiment préoccupé, tu l'aurais accompagné », répliqua sèchement l'intéressé.

Le Sénégalais n'insista pas. Il s'était bêtement foulé la cheville et ne s'était pas senti en mesure de suivre l'adolescent. Il préféra donc se replier dans un silence coupable. Scrutant les visages des archéologues, Théophile finit par repérer Isabelle qui semblait se cacher. Flanquée de ses amies Rhym et Vicky, elle essayait, comme elles, de se faire toute petite. Recroquevillées sur elles-mêmes, la tête baissée entre les genoux, les bras entourant ces derniers, aucune des trois ne leva les yeux quand Théophile approcha. Observant les regards fuyants des autres ex-otages, le jeune homme ne tarda pas à comprendre. S'accroupissant devant son amie d'enfance, il glissa délicatement sa main sous le menton de la belle qui tressaillit. Lui relevant délicatement la tête, il tenta, à sa manière, de la consoler.

« Si tu agis en victime, alors tu laisses gagner le salopard qui t'a violée. Ce n'est pas la fin de ta vie et ce n'est pas non plus le pire qui puisse t'arriver. Si le sacrifice de Promethos doit servir à quelque chose, c'est bien à ça : te montrer que tant qu'il y a de la vie, il y a de l'espoir. Et puis, ton Black bien membré est toujours là !

- Comment tu peux dire ça ! s'insurgea Isabelle d'une voix vacillante. Il n'y a jamais rien eu entre moi et Kémal. J'étais encore vierge avant hier quand ils m'ont... »

Elle ne parvint pas à finir sa phrase, coupée par de longs sanglots.

« J'attends une seule chose de toi, poursuivit Théophile implacable. Ce sera peut-être ma dernière volonté, alors écoute attentivement. Je veux que tu passes à autre chose en sachant du plus profond de toi-même que tu n'es pas coupable. Les vrais coupables, je m'en occupe. Ils ne feront plus jamais de mal à personne. Ces fils de putes vont apprendre à me connaître. »

Sans un mot de plus, le Blondinet déposa un tendre baiser sur le front de son amie avant de passer aux choses sérieuses. Confiant la carte détaillée d'Ariane à un étudiant en archéologie crétois, il lui indiqua la position du refuge le plus proche, d'où il pourrait appeler les secours. Puisque la police ne semblait pas avoir repéré les signaux de fumée, il fallait bien trouver une solution. D'autant que les vivres allaient manquer. De son côté, Théophile décida de secouer Ariane. Assoiffée de vengeance, celle-ci accepta sans sourciller de lui ouvrir la porte menant à l'antre du Minotaure, grâce à la photo de l'amulette retrouvée près de Trapeza. Elle insista toutefois pour l'accompagner et ce n'était pas négociable. Tandis qu'Ariane recouvrait tendrement le corps de Promethos d'une couverture, Théophile s'affairait à rafistoler la cheville de Kémal.

« La bague que tu as prévu de lui offrir est magnifique, chuchota-t-il à l'infortuné estropié. Je suis sûr qu'elle lui plaira, mais, s'il-te-plaît, soit gentil avec elle.

- Cette bague est pour Rhym, c'est elle que j'aime.

- Cela ne t'empêche pas d'être gentil, Moustaffa ! » conclut Théophile un sourire en coin.

D'un pas assuré et la mine sévère, Ariane et le Français regagnèrent le champ de bataille. Là, sans aucune hésitation, la jeune prêtresse exécuta la danse rituelle permettant l'ouverture de la porte menant au dédale maudit. Avec zèle, elle commença par tracer au sol trois cercles concentriques, chacun avec le sang d'un terroriste. Puis, mélangeant leur sang dans un petit gobelet, elle dessina à l'intérieur des deux anneaux les symboles gravés sur l'amulette. Se plaçant au centre de ce qui ressemblait de loin à un disque de Phaistos géant, Ariane utilisa le reste de sang pour écrire un « U » sur son front. La transe put alors commencer. Tout en restant dans le cercle central, la jeune femme entama une danse frénétique faite de mouvements amples et rapides du haut du corps, bras écartés, jambes immobiles. Les gestes saccadés suivaient un rythme bien défini similaire à celui d'une rave party. Après de longues minutes, le regard d'Ariane se voila comme si elle était possédée. Soudain, dans un hurlement strident, presque inhumain, les signes de sang (y compris le « U » frontal) s'illuminèrent. Leur couleur pourpre phosphorescente inspira à Théophile un mélange de fascination et d'excitation accompagnés d'un sentiment funeste. Mais le temps n'était pas à la réflexion. Après quelques secondes, les symboles au sol se mirent à tourner de plus en plus vite, jusqu'à devenir indiscernables, ne formant plus qu'un disque lumineux. C'est alors que le vortex s'ouvrit, générant un appel d'air qui, dans l'étroite gorge, se transforma en une mini tornade aspirant tout sur son passage. Après quelques instants de voltige au milieu des têtes coupées et des cadavres des séparatistes, Théophile fut à son tour englouti par le portail lumineux qui se referma aussitôt. Le défilé retrouva une certaine virginité : il ne restait plus que les impacts de balles et quelques tâches de sang sur les parois calcaires. Rien ne laissait à penser qu'une violente bataille avait eu lieu. Pourtant, pour Ariane et Théophile, la guerre n'était pas finie. Qu'allait-il advenir d'eux dans les entrailles du labyrinthe ? Parviendraient-ils à en sortir vivants ?

I l fallut quelques minutes à Théophile pour reprendre ses esprits après avoir atterri au milieu des restes du campement des séparatistes : un amas immonde de corps et de tentes enchevêtrés. Une fois sorti du charnier, il chercha en vain la prêtresse. Était-elle partie seule ? Une voix plaintive lui fit comprendre que non. Ariane, décidément bien malchanceuse, avait été projetée sur une armature de tente qui lui avait transpercé la jambe de part en part. Pour elle, l'aventure devait s'arrêter là. L'artère fémorale était trop proche de la tige : Théophile ne pouvait la retirer sans risque d'hémorragie. Il transporta donc l'infortunée dans un recoin à l'abri des regards et planta quelques aiguilles d'acupuncture pour calmer la douleur. Déçue de n'être qu'un poids mort pour le Français, Ariane lui demanda de continuer sans elle. Elle lui promit cependant que tant qu'elle porterait les cornes de taureau sur le front, elle pourrait ouvrir le passage dans l'autre sens. Avant de poursuivre son chemin, le Blondinet effaça donc le « U » de son front. Face à son incompréhension, il expliqua qu'ainsi, même s'il perdait contre les Minoens, ces derniers resteraient piégés à jamais : l'éternité ne leur en paraîtrait que plus longue !

La salle d'entrée du dédale était impressionnante. Creusé dans la roche calcaire, le plafond de l'immense pièce circulaire culminait à six ou sept mètres. Les coups de burin des ouvriers étaient encore visibles. La faible lueur vacillante des lampes à huile donnait à l'endroit un aspect lugubre. Devant le jeune Amadès se dressaient trois entrées gigantesques. Observant les traces de pas laissées par les terroristes dans la poussière, Théophile s'aperçut bien vite qu'ils ne savaient pas non plus quel chemin emprunter. Ils s'étaient séparés en trois groupes : deux hommes à gauche, deux à droite et quatre personnes au centre. Théophile décida de suivre le groupe le plus important. C'est là que se trouvait la prêtresse Daphné et il fallait qu'il s'en débarrasse en premier. Sans elle, plus de retour possible pour les séparatistes. Le Français s'aventura donc prudemment dans le couloir central. Après seulement une vingtaine de mètres dans un silence pesant, il rencontra un premier obstacle. Au sol étaient éparpillées des flèches ensanglantées. Bien qu'entièrement faites en bronze, certaines avaient subi les affres du temps et s'étaient corrodées. Malgré tout, l'un des Minoens semblait avoir eu du mal à s'en relever. Ce type de piège, bien qu'assez classique, s'avérait donc plutôt efficace. En marchant sur une dalle, la victime avait provoqué l'abaissement du frein retenant les cordes pré-tendues, provoquant l'expulsion des projectiles par les étroits orifices creusés à cet effet dans la paroi latérale. Fort heureusement pour Théophile, il s'agissait d'un piège à un coup. Ayant déjà été déclenché, il put le traverser sans problème.

« Étonnant qu'après quatre mille ans, les cordages du mécanisme soient encore fonctionnels », pensa-t-il.

Cinquante mètres plus loin, les séparatistes avaient fait les frais d'un autre système de défense : des haches se balançant depuis le plafond avaient taillé dans le vif du (malheureux) sujet. Les dix doubles haches, qui s'étaient encastrées dans la paroi latérale, avaient été disposées avec soin par le concepteur du piège. Taillées dans du silex, elles avaient conservé un tranchant parfait durant quatre millénaires. Très massives, leur poids associé à la longueur de leur manche leur conférait un couple important permettant de trancher un corps sans difficulté. Pour être sûr de na pas manquer la cible, les haches étaient distantes de trente centimètres et la longueur de leur manche en bronze variait de sorte que, même en s'allongeant, on ne pouvait toutes les éviter. Théophile se rendit alors compte du paradoxe trompeur des lieux. D'apparence rustique avec ses galeries creusées dans la roche et ses épais murs en lourdes pierres de taille, le labyrinthe avait été conçu par un génie. Cette impression se confirma dix mètres plus loin, à la sortie d'un virage en épingle. Là Théophile faillit tomber dans une fosse hérissée de pointes affûtées. Bien que plutôt simple, ce piège avait ralenti la progression de ses adversaires. Mais là n'était pas le plus important. Théophile constata un changement dans l'architecture des parois. Deux lourdes dalles se faisaient face de part et d'autre de la fosse. Le son d'une rivière souterraine bruissait à travers les murs. Les constructeurs du labyrinthe connaissaient-ils déjà la force hydraulique ? Bien des siècles après l'édification de cette prison, les Grecs d'Alexandrie découvraient l'utilisation de la vapeur d'eau. Mais les Crétois de l'an mil sept cent avant Jésus Christ avaient-ils de telles connaissances ? La progression du jeune Français fut émaillée de pièges similaires aux précédents sur plusieurs centaines de mètres et le temps lui parut long. Il constata que Daphné se trouvait systématiquement en queue de peloton. Cela signifiait vraisemblablement qu'elle ne disposait pas du don d'immortalité de ses compagnons. Soudain, une explosion retentit. S'approchant rapidement à pas de loup, torche éteinte, Théophile découvrit enfin le visage de ses ennemis. En retrait se tenait Daphné : assez grande, mince, taille fine, poitrine opulente, yeux bleus, cheveux châtains aux reflets cuivrés. Elle portait, elle aussi, un « U » sanglant sur le front. Devant elle, le chef des Minoens se distinguait de ses hommes uniquement par son tatouage. Le serpent qui enserrait son cou remontait de la base de la nuque jusqu'au milieu du front où trônait son hideuse tête. Sinon, il n'y avait guère de différences physiques entre lui et ses sbires : petits, trapus et musclés. Bref, de vrais gorilles en tenue militaire. Ils venaient de faire exploser le piège qui leur barrait la route. Cette fois-ci, l'obstacle était de taille. Un ensemble de lames rotatives horizontales tournant rapidement sur un axe cylindrique vertical, semblable aux pales d'un mixeur, n'aurait fait qu'une bouchée des terroristes. Cela répondait au moins aux interrogations de Théophile : les Anciens savaient déjà utiliser la puissance hydraulique. Sans attendre que la poussière soit retombée, le Blondinet canarda le groupe qui lui tournait le dos. Malgré un feu nourri, il ne parvint à abattre que les deux subalternes. Leur chef utilisa son propre corps comme bouclier pour protéger la prêtresse : les balles ricochaient sur lui comme s'il portait une armure invisible. Théophile s'élança alors dans l'étroit couloir tout en maintenant une cadence de tir suffisante pour tenir à distance le « boss ». Ramassant un bout de pale tranchante, il décapita en un instant les deux sous-fifres qu'il venait de transformer en passoire.

« Quand on veut qu'un travail soit bien fait, il faut le faire soi-même », grommela froidement leur chef.

Théophile n'allait pas tarder à s'apercevoir que l'assassinat des deux hommes n'allait pas rendre le combat plus équilibré. Bien au contraire ! Le terroriste bondit soudain pour se retrouver nez à nez avec le jeune homme, six mètres plus loin. Le fils Amadès encaissa péniblement un déluge de coups puissants. Esquivant difficilement quelques-uns d'entre eux, il se trouva bientôt en position défensive, dans l'incapacité de contrer l'ennemi. Surpris par la rapidité impressionnante de ce colosse, Théophile s'était laissé dominer. En corps à corps rapproché, il ne parvenait pas à parer efficacement les mouvements du séparatiste. Évitant de justesse un direct à la tête, il vit le poing de son adversaire exploser la roche calcaire sur laquelle il était venu s'écraser. Face à la puissance démesurée du terroriste qui lui paraissait de moins en moins humain, Théophile commença à perdre pied. Avec un bras en moins et plusieurs côtes cassées, il tenta le tout pour le tout. Son adversaire ne lui laissant aucune possibilité de fuite, il essaya de contre-attaquer à l'aide de techniques d'immobilisation issues du jiu-jitsu brésilien. Ramenant le combat au niveau du sol, il réussit à enserrer la gorge du séparatiste entre ses jambes tandis qu'il immobilisait son bras gauche par une luxation du poignet. Pensant avoir renversé la situation, Théophile serra avec entrain. Mais l'ennemi, insensible à l'étranglement, se releva à l'aide du bras droit. Empoignant la jambe droite du Français, il le projeta violemment à près de dix mètres, tel un fétu de paille. Contractant ses muscles dorsaux et abdominaux, le voltigeur effectua une vrille et put se réceptionner sur ses deux pieds. Revenu à son point de départ, Théophile dégoupilla une grenade qu'il balança sur Daphné, restée jusque là prostrée contre le mur. En un éclair, le « tête de serpent », comme le surnommait Théophile, s'intercala entre sa protégée et l'explosion. Malgré un vol plané de plusieurs mètres, le couple s'en sortit. Dépité et dépourvu de plan de secours, le jeune Amadès détala comme un lapin. Revenant en arrière au pas de course, il eut à peine le temps d'arriver à la fosse hérissée de pointes. Le chef des Minoens l'avait déjà rattrapé. Apeuré,

Théophile tenta en vain de se défendre, mais le combat fut très inégal. Les lames rétractables de ses chaussures ne lui furent d'aucune utilité : elles se brisèrent contre le blindage invisible du monstre qui le rouait de coups. Salement amoché, le Français perdit l'équilibre et tomba dans la fosse. S'empalant sur un pieu en cyprès de quarante centimètres (surmonté d'une pointe en silex) qui se brisa à l'impact, il resta immobile. Paralysé par la douleur et la peur, Théophile pensa que son heure était venue. L'odeur de son propre sang envahissait les narines de son nez éclaté. Son arcade sourcilière explosée déversait du sang dans ses yeux, embuant sa vision. Il put cependant distinguer, trois mètres en surplomb, le rictus sadique et hautain de son ennemi. Ce dernier, à la surprise de Théophile, tourna les talons d'un air méprisant, laissant le Blondinet mourir à petit feu. Bien qu'ayant échappé à la mise à mort à laquelle il s'attendait, le jeune homme n'était pas sauvé pour autant. L'un des immenses blocs de pierre rectangulaires bordant la fosse commençait à se desceller et n'allait pas tarder à l'écraser. Dans un dernier soubresaut, s'appuyant sur sa seule jambe encore valide (l'autre étant transpercée de part en part), il parvint à escalader la paroi, utilisant son couteau de combat en guise de pic. En effet, la chaux des jointures entre les pierres était devenue friable au fil des siècles et la lame s'y enfonçait aisément. Après deux chutes et d'interminables minutes, Théophile se hissa hors du trou. Allongé sur le dos, physiquement amoindri et moralement affaibli, il assista à la chute tonitruante du rocher de plusieurs tonnes. Ce labyrinthe regorgeait de pièges et de coups tordus. La chute du bloc avait bouché un couloir tout en ouvrant sur un autre. Le dédale était donc évolutif, compliquant un peu plus la progression. Théophile ressentait de l'admiration pour le concepteur de ce lieu. D'un autre côté, cela n'arrangeait pas ses affaires. Mais il avait fait une promesse à Isabelle. Il n'avait pas le droit d'abandonner. Le souvenir de sa belle meurtrie lui donna la haine suffisante pour se relever. Retirant le pieu de sa jambe, il cautérisa la plaie à la flamme et s'injecta une dose d'antibiotiques pour lutter contre le risque de septicémie. Debout malgré la souffrance, il s'engagea dans le passage nouvellement ouvert. Titubant de douleur, il n'avançait que lentement. S'appuyant sur la paroi rugueuse pour soulager sa jambe, il ressentait pour la première fois depuis longtemps de la peur. Ce n'était pas tant la mort qui l'effrayait que l'échec. Après tant d'efforts, après être arrivé jusque là dans la souffrance, comment pourrait-il abandonner ? Et puis, il était de toute façon coincé. Alors, foutu pour foutu... Par radio, le chef des terroristes avait fait savoir à ses hommes, du moins ceux qui pouvait le capter à travers les épaisses murailles, qu'il avait réglé définitivement la question du Blondinet. Cela jouait en faveur de ce dernier puisque personne ne s'attendrait plus à le voir. Son corps brutalisé, Théophile essayait de s'en accommoder en se concentrant sur son intellect qui, lui, demeurait alerte. Scrutant chaque détail des lieux, il avait remarqué que les murs du couloir avaient été construits en pierres soigneusement agencées sans mortier. Sachant qu'au départ, ils étaient taillés dans la roche, cela voulait certainement dire que le jeune homme avait quitté la zone la plus externe du labyrinthe et se dirigeait vers son centre. Pour bâtir un tel édifice, il avait sans doute fallu faire appel à une main d'œuvre nombreuse. Comment un tel chantier avait-il pu rester secret ? En outre, la construction avait dû prendre des années. Elle avait sûrement débuté avant l'arrivée du Minotaure. D'autant que l'utilisation encore importante, dans les pièges, de silex taillé situait le bâtiment à la fin du néolithique vers deux mil six cent avant Jésus Christ, soit près de neuf siècles avant l'emprisonnement du Minotaure. À cette époque, il n'y avait guère que les Égyptiens pour édifier de telles structures. À quoi pouvait bien servir cet édifice souterrain, loin des grandes métropoles, au milieu de montagnes escarpées et difficiles d'accès ? Assurément, il ne s'agissait pas d'un temple recevant du public. Était-ce une sépulture royale sur le modèle de la vallée des rois en Égypte ? Toutes ces questions se bousculaient dans l'esprit du jeune Amadès lorsque des voix le surprirent. Deux terroristes venaient vers lui. Se repliant dans le coude du couloir, Théophile éteignit les quelques lampes à huile et sa torche. Prenant son courage à deux mains (même si une seule était encore valide), il grimpa au plafond en étirant son corps entre les parois latérales. Bras et jambes tendus au mieux, il patienta en serrant les dents jusqu'à l'arrivée des deux hommes. À la manière d'un ninja, il leur tomba dessus et les décapita sans un bruit, ne leur laissant aucune chance. Après avoir récupéré leurs armes, Théophile poursuivit son chemin, le moral renforcé par cette victoire facile. Après avoir claudiqué quelques minutes supplémentaires, il arriva à une sorte de croisement. Une pièce assez large, avec une voûte pointue assez haute rappelant les tholoi des tombeaux mycéniens, donnait sur quatre couloirs. Malheureusement, le jeune homme n'était pas le premier : une rafale de kalachnikov le ramena douloureusement à la réalité. Blessé à l'abdomen, il riposta tant bien que mal et se mit à couvert dans le couloir le plus proche. Transpirant abondamment, le souffle haletant, il savait qu'il ne tiendrait plus très longtemps. Dans un dernier éclair de lucidité, il décida de tendre un piège à ses ennemis. S'enfonçant de quelques mètres dans la galerie, il dégoupilla sa dernière grenade et l'enroula dans son T-shirt ensanglanté qu'il laissa bien en évidence sur le sol. Éteignant toutes les lampes à huile derrière lui afin de mieux se cacher dans la pénombre, il avança aussi vite que son état le lui permettait. Les deux terroristes se lancèrent à sa poursuite de façon ordonnée : le premier, en bon éclaireur, précédait son acolyte d'une bonne dizaine de mètres. Par réflexe, il ramassa le bout de tissu maculé de sang, et comprit, trop tard, qu'il s'était fait avoir. Son corps fut déchiqueté dans un vacarme assourdissant amplifié par la résonance du lieu. Projeté au sol par l'explosion, recouvert de lambeaux de chair de son défunt camarade, le dernier séparatiste, écumant de rage, se releva prestement et repartit à la poursuite du jeune Français. Celui-ci n'en menait pas large : devant lui s'étendait une très large dalle de pierre. En appuyant dessus, il déclencherait certainement un mécanisme mortel. Pris entre deux feux, sentant son ennemi se rapprocher à grand pas, Théophile, dans un ultime sursaut d'adrénaline, bondit sur la paroi. S'aidant de son couteau, qu'il ficha entre deux blocs de pierre, il parvint in extremis à se servir du mur comme tremplin. Cela lui permit de franchir les quatre mètres de la dalle. Agonisant, à peine conscient, son corps dégoulinant de sueur et de sang refusa d'aller plus loin. Frissonnant plus du froid funeste qui l'envahissait que de peur, le jeune Amadès ne pouvait guère qu'attendre son bourreau. Celui-ci ne tarda pas à surgir du virage. Voyant le Blondinet à terre, il s'arrêta un instant pour le toiser. Ce colosse de près de deux mètres avec sa respiration bruyante et son pas lourd avait tout d'un taureau : ce dédale aurait pu être le sien. À moitié conscient, Théophile ne pouvait distinguer les traits de ce monstre, dont la silhouette sombre se découpait sur fond de lumière orangée des lampes à huile, un peu comme un personnage de céramique antique. Se sentant tout puissant, le Minoen sortit un pain de plastique dans lequel il enfonça un détonateur.

« Tu vas finir en morceaux comme mon pote, ricana-t-il.

- En es-tu si sûr ? » nargua Théophile en faisant mine de se suicider avec son pistolet automatique.

Excédé par cette ultime provocation, le séparatiste crétois bondit afin de désarmer le Français. Actionnant par la même occasion le mécanisme sous la dalle, il termina découpé en quatre morceaux par l'ensemble de lames en silex qui avaient jailli des murs. Le taureau était passé à la boucherie. Cette victoire avait un goût amer pour le jeune homme. La minuterie avait commencé à décompter. Impuissant, Théophile se contentait d'égrener les secondes avec un étrange sentiment de quiétude, comme si la mort libératrice était la bienvenue. Perdant connaissance avant la fin du compte à rebours, il n'assista pas au bouquet final. Ce dernier allait-il sceller le destin du jeune homme définitivement ?

'explosion avait provoqué un effondrement du sol, ouvrant ainsi un passage vers le niveau inférieur du labyrinthe. Pris dans les décombres, le corps de Théophile était écrasé par les lourdes pierres. Tel un supplicié, seule sa tête émergeait des gravas. Son visage était méconnaissable : écorchures, bleus, yeux gonflés, nez et arcade sourcilière éclatés, lèvre fendue et masque de laideur à base de sueur, sang et poussière mélangés. Peut-être aurait-il mieux valu qu'il soit mort. Mais le sort s'acharna. Reprenant connaissance, Théophile ne sentait paradoxalement plus la douleur. Les multiples fractures sur l'ensemble du corps et les nombreuses plaies sanguinolentes surchargeaient son système nerveux de messages de douleur générant une saturation du cerveau. Mais le calvaire du jeune homme ne s'arrêta pas pour autant, car la souffrance peut prendre différentes formes. Théophile se sentait prisonnier de son propre corps. Il ne pouvait plus le contrôler. Incapable de bouger ou même d'ouvrir les yeux, sa cage thoracique comprimée gênait sa respiration. Finalement, seuls son cœur et son cerveau fonctionnaient encore. Les idées noires se succédaient dans sa tête. Ce lieu serait en fin de compte son tombeau. Il croyait s'y être préparé mais il n'en était rien. Les souvenirs de son enfance, somme toute agréables, défilaient dans son esprit. Il revoyait Isabelle à l'école primaire : elle était déjà mignonne à l'époque. Il revoyait les bons moments passés en famille. Il revoyait le château de Ségestron. Bizarrement, l'idée de ne plus jamais revoir sa région natale, ses amis, ses proches, lui faisait mal. Il n'avait plus ressenti cela depuis sa tentative de suicide. Des larmes perlèrent au coin de ses yeux bouffis. Pourquoi s'était-il embarqué dans cette galère ? Tout ce qu'il y gagnait, c'était un aller simple pour le cimetière. En plus, il s'était fait démolir comme une merde par le chef des séparatistes. Il ne pourrait plus jamais regarder Isabelle en face. Bref, il avait échoué sur toute la ligne. Pourtant, il avait reçu de l'aide : Promethos s'était sacrifié, Ariane était sûrement à l'article de la mort. Il avait donc aussi trahi ses alliés et la confiance qu'ils avait placée en lui. Que ne donnerait-il pas pour revenir en arrière !

Être à nouveau chez lui, tranquille. Mais pour quoi faire ? S'il était venu ici, c'était justement pour oublier le vide qui emplissait son cœur. Et finalement, le vide était toujours là. Pourtant, sur un plan strictement logique, il avait tout pour être heureux : des parents aimants, une amie sincère, des résultats scolaires excellents, une bonne santé (certes pas en ce moment). Il n'était pas riche, mais à quoi cela lui servirait-il ? Il ne saurait pas quoi faire de l'argent. C'est vrai que rien ne l'avait jamais passionné. Ses potes au lycée dépensaient leur argent de poche en jeux, films, livres, restos, voitures, … Lui n'avait aucun centre d'intérêt. Même se masturber devant un porno ne le motivait plus. Il était en fait déjà mort avant son suicide. Il n'avait finalement aucun contrôle sur sa vie et il lui semblait que les vers de Verlaine avaient été écrits pour lui. « Les sanglots longs des violons de l'automne, blessent mon cœur d'une langueur monotone. Tout suffocant et blême quand sonne l'heure, je me souviens des jours anciens et je pleure. Et je m'en vais au vent mauvais qui m'emporte deçà, delà, pareil à la feuille morte ». Bien que ce soit encore l'été, pour lui viendrait bientôt l'automne de sa vie. Une vie vide, inutile. Le Höllekämpfer et le Grünbauer, qui avaient parié sur lui, allaient être déçus. Mais n'était-ce pas aussi un peu de leur faute ? À quoi servaient donc ces ailes noires qui étaient gravées sur sa poitrine ? Au moins le serpent des Minoens leur conférait-il quelques pouvoirs. Quoi qu'il en soit, il ne reverrait plus sa maison. Ce labyrinthe serait sa dernière demeure. Plutôt pas mal pour un plébéien de finir dans un tombeau royal ! Il valait mieux se faire à l'idée : sa quête d'une raison de vivre avait échoué. Sa quête de vengeance pour Isabelle avait échoué. Sa quête du Minotaure avait échoué. Alors, vae victis ! Tandis que les larmes traçaient des sillons dans la crasse sur ses joues, Théophile crut entendre une voix féminine murmurer.

« Cela fait bien longtemps que je n'ai pas reçu de visiteur. Comment t'appelles-tu ?

- Ça sent le sapin. Voilà que je divague, que j'entends des voix. En plus, je me demande d'où sort cet accent.

- Pourquoi ne pas rendre ton agonie moins ennuyeuse en discutant avec moi ?

- C'est bizarre de se parler à soi-même, dans son propre cerveau. Mais pourquoi pas ? De quoi veux-tu discuter ?

- Est-ce que tu t'y connais en plantes ?

- En plantes ? Drôle de question. Je fait mon petit jardin chaque année. D'ailleurs, avec à peine cinquante mètres carrés, je le trouve trop petit. J'aimerais viser plus grand. Au moins, chez Rodolphe, il y a de l'espace. On devait bientôt planter quelques fruitiers. Dommage, ce sera sans moi.

- Que cultives-tu dans ton jardin ?

- Malheureusement, que des classiques : patate, tomate, melon, pastèque, potimarron et haricot. L'an dernier, j'ai innové un peu avec de la méréville. La confiture était délicieuse. Dommage, je n'y goûterai plus. Et qui va s'occuper du jardin. Il était si beau cette année ! Quel gâchis !

- À part les haricots, je ne connais aucun des légumes que tu as cités. D'où viennent-ils ?

- En fait, seule la pomme de terre est un légume. Elle vient d'Amérique du sud, comme la tomate et la pastèque. Le potimarron vient aussi d'Amérique, comme la plupart des cucurbitacées. Le melon, ce sont les Arabes qui l'ont introduits en Europe. La méréville aussi d'ailleurs. Son nom officiel est gigérine car elle provient de Djijel, ancienne Giger, une ville d'Algérie.

- Tu t'y connais en jardinage. Depuis combien de temps pratiques-tu ?

- Je ne m'y connais pas tant que ça. Tout le monde sait d'où viennent la tomate et la patate. Je ne suis qu'un amateur. Pourtant ça fait quelques années que je joue les jardiniers. J'ai plaisir à voir pousser une plante. Quelle qu'elle soit, même si c'est un champignon. C'est vrai que les champignons ne sont pas des végétaux, mais ils sont tout aussi fascinants. La nature est belle, sauf la nature humaine. Quand j'étais petit, je rêvais même de planter des arbres sur Mars. D'ailleurs, la NASA y pense aussi. Dommage, encore un projet que je ne verrai pas aboutir.

- Tu me sembles bien sûr de toi. Tu n'as pas envie de rentrer chez toi ?

- Bien sûr que si ! Mais tu vois bien la situation. Je me suis fait laminer par ces foutus terroristes. J'ai été incapable de les stopper. Mes alliés sont morts ou mourants. Je n'ai rien pu faire pour Isabelle. Le démon que j'étais sensé libérer n'est pas près de sortir. Mon corps est en miettes et mon cœur toujours aussi vide. Finalement, pourquoi devrais-je retourner chez moi? Mes parents seront malheureux. C'est ça qui me peine le plus. Dommage, je n'aurais pas été le fils qu'ils auraient mérité.

- Tu noircis beaucoup le tableau. De tous les terroristes, il n'en reste qu'un. Tous ceux qui ont violé ton amie sont morts de tes mains. Par ailleurs, tu as une raison de vivre, ton cœur n'est pas vide. Tu viens toi-même de le dire : tu aimes la nature. Qu'une graine parfois minuscule puisse donner une plante majestueuse t'émerveille. Et puis, tu n'es pas encore mort !

- Dans l'état où je me trouve, c'est tout comme. Et même si je pouvais encore bouger, que pourrais-je bien faire? Ce labyrinthe est immense et en plus, il change au cours du temps. En outre, quand bien même je trouverais la geôle du démon, je ne saurais comment le délivrer. Et après, il faudrait encore trouver le moyen de sortir. Tout ça en évitant de tomber sur le Minoen restant. Lui, au moins, a reçu de sa déesse mère antique des pouvoirs. Moi j'ai que dalle !

- Je te croyais plus intelligent que ça, jeune Arya. Tu crois vraiment que ce barbare travaille pour moi ? Au lieu de te plaindre, ouvre donc les yeux. »

Plus facile à dire qu'à faire. Les rebords de ses yeux étaient tellement gonflés, que le pauvre Théophile avait du mal à relever les paupières. Une silhouette floue se tenait devant lui, mais il lui fallut encore un bon moment avant de prendre conscience que ce n'était pas un tour que lui jouait sa tête cabossée. Tel un ange lui apportant un peu de réconfort, une belle femme vêtue de blanc se dressait sur le tas de gravas. Étonnamment, son visage ressemblait trait pour trait à celui d'Ariane, le maquillage en moins. Son corps était cependant plus développé que celui de la jeune prêtresse : plus grand avec des courbes plus généreuses. L'air faisait frissonner ses vêtements amples. Elle ne portait aucun signe distinctif : ni bijou, ni tatouage, ni cicatrice. Qui pouvait-elle bien être ? Comment était-elle arrivée là ? Qu'espérait-elle en restant près de Théophile ? Comme si elle lisait dans ses pensées, la jeune femme reprit la conversation.

« Alors, tu ne devines pas qui je suis ? » se moqua-t-elle.

Dans l'incapacité de parler, le jeune homme se rendit compte que la voix résonnait dans sa tête, comme s'il s'agissait de télépathie. Piqué dans son orgueil, il se lança dans une réflexion intense pour deviner l'identité de l'inconnue. Il disposait déjà de quelques indices. Elle s'exprimait difficilement en grec moderne et semblait étrangère à la culture hellénique. Ses habits de peau avaient été cousus à la main. Leur forme rappelait celle des vêtements visibles sur le sarcophage d'Aghia Triada, vieux de plus de quatre mille ans. Enfin, ses propos semblaient indiquer qu'elle était d'un autre âge. Elle ne connaissait pas les légumes modernes et avait qualifié Théophile d'Arya. Ce mot sanskrit désignait un peuple nordique s'étant installé au nord de l'Inde et de l'Iran. À l'origine de l'idéologie aryenne nazie, ce peuple indo-européen avait disparu depuis longtemps. Tout ceci ne pouvait conduire qu'à une seule explication. L'être qui se tenait devant lui n'était autre que la déesse minoenne de la nature, emprisonnée en ce lieu depuis un certain temps. Cela amenait alors une autre question : pour qui roulaient les terroristes, si ce n'était pas pour la déesse crétoise ? Le serpent tatoué sur leur cou, et le nom de Minoen qu'ils s'étaient choisi, avaient de toute évidence mené Théophile sur une fausse piste. Ce serpent-là ne symbolisait pas la vie mais la mort. Le Blondinet comprenait enfin de quoi il retournait. Les Minoens étaient en réalité à la solde d'Ophis, l'un des archanges de Satan. C'était lui qui avait manipulé les stryges et provoqué la guerre à laquelle Théophile avait dû participer. Assoiffé de pouvoir, il convoitait donc la double hache sacrée de l'antique Crête. Quelle pouvait bien être la puissance d'un tel objet ? Quoi qu'il en fut, le fait d'avoir trouvé les réponses au défi lancé par la déesse mère apportait une certaine satisfaction au jeune Amadès. Mais la réalité implacable se rappela à lui. Il était toujours aussi mal en point et même pire : en observant le trou béant laissé par l'explosion, il comprit que le labyrinthe avait au moins deux niveaux. Comme si les choses n'étaient pas déjà assez compliquées. Mais qui avait bien pu imaginer un édifice pareil ? Ne lui laissant pas le temps de déprimer, la charmante déesse retira les blocs qui écrasaient Théophile.

« Voilà ! J'ai fait ma part. À toi maintenant de te relever, asséna-t-elle.

- Et comment je m'y prends ? J'ai pas un os qui soit encore intact ! tempêta le blessé.

- Je comprends, tempéra la déesse. Accepterais-tu au moins de me parler de ton jardin idéal ? Cela me permettrait de m'évader un peu de ce lieu qui m'emprisonne depuis si longtemps. Cela fait des siècles que je n'ai pas vu une fleur, une plante, un animal. »

Théophile, cédant à la fatalité de sa mort prochaine, accepta de bon cœur. Le jardin de ses rêves était celui de la diversité. À la fois potager et ornemental, fruit et fleur. Un mélange irrésistible de couleurs et de senteurs grâce aux subtiles alliances des espèces, du majestueux châtaigner à la frêle violette. Enfin, le jardin de ses rêves serait orchestral. Aux effluves parfumées de toutes sortes répondraient les mélodies et les parades colorées des oiseaux et des butineurs en tout genre. Tandis que Théophile décrivait avec passion son jardin d'Éden, il ne s'aperçut même pas que ses blessures cicatrisaient comme par magie. Sans crier gare, la déesse lui sauta au cou et l'embrassa sur les lèvres. Pris par surprise, le jeune homme, par réflexe, la repoussa et se releva.

« De toute évidence, tu vas beaucoup mieux, taquina la demoiselle. Tu vois que tu as aussi reçu du pouvoir de ton patron.

- Soit. Il semble clair que vous en savez plus que moi sur ce qui se trame ici. Il serait temps de me mettre au parfum, non ? »

L'histoire qui suivit fut pour le moins surprenante et tordue à souhait. Diktynna était une déesse de la végétation bien avant que les Mycéniens n'envahissent la Crête, imposant la religion polythéiste grecque. Elle avait permis à sa sœur Britomartis, déesse de la chasse, de fuir en Grèce continentale suite aux avances pressantes du roi de Knossos. Celui-ci, en représailles, avait contraint Diktynna à vivre dans le labyrinthe. À l'origine, il s'agissait de la demeure hivernale de la grande déesse, sa mère. Celle-ci se reposait en hiver pour mieux agir au printemps. Responsable de la croissance des plantes, en particulier des céréales, son travail marquait le rythme des saisons. Supportant mal la compagnie des hommes, responsables de tant de dommages du fait de leur surexploitation des ressources naturelles, elle avait voulu un temple décourageant leurs assauts intempestifs. Pour assouvir sa vengeance, le roi de Knossos emprisonna la déesse mère dans une double hache et utilisa cette dernière pour forcer Diktynna à la remplacer. Étrangement, comme n'importe quel phénomène naturel, la magie obéit aussi aux lois de Newton, d'où peut-être son ancienne appellation de méta-physique. Pour emprisonner une déesse, il faut une énergie importante, au moins égale à la sienne. Pour réaliser le sortilège, il fallut donc rassembler l'énergie vitale de plus de mille prisonniers et esclaves. Un tel massacre porte rarement chance à son auteur. Et de fait, les catastrophes successives s'abattirent sur la Crête et sur Minos. Sa femme mourut en couche, car Ilithyie, déesse des accouchements et sœur de Diktynna, refusa de l'aider. Puis, le démon venu du Nord commença à tout ravager sur son passage afin de mettre la main sur la hache. Puis sa fille faillit se faire avoir par le fourbe Thésée. La malédiction de la hache poussa Minos à la sceller dans le temple de la déesse mère. Ultime erreur de sa part, car ce faisant, il provoqua l'emprisonnement de Diktynna et de ses pouvoirs de végétalisation. Il en découla une famine terrible qui poussa le peuple à la révolte et au renversement de la royauté. Sur le plus long terme, l'enfermement de Diktynna avait eu pour conséquence la désertification de la Crête au point que deux tiers de sa superficie soient aujourd'hui considérés comme arides. L'utilisation massive du bois pour la construction navale engendra l'éradication de la forêt de cyprès de l'île. Un peu à l'image de l'île de Pâques, dans l'océan Pacifique. Tout ce que désirait maintenant

Diktynna, c'était sortir de sa prison pour une véritable liberté. Plus personne ne lui vouant de culte, elle avait perdu de sa puissance, mais n'était plus entravée par ses obligations envers les croyants. Pour que les portes s'ouvrent enfin, il fallait desceller le Minotaure et la hache. Le démon se trouvait au sous-sol où Théophile avait atterri. La hache, quant à elle, se trouvait à l'étage supérieur où déambulait le chef des Minoens. La stratégie du jeune homme était donc claire : libérer le démon et lui demander de l'aider à éliminer le séparatiste. Mais l'opération n'allait pas être si facile. La geôle du démon ne pouvait être atteinte qu'après avoir passé (ou plutôt survécu à) trois épreuves. Malheureusement, la déesse ne pourrait le guider que jusqu'au seuil de la zone interdite. Après quelques centaines de mètres, elle l'avertit.

« C'est ici que je m'arrête. La suite ne dépend que de toi. Sois vigilant car nul ne sait ce qui t'attend. »

Sans lui répondre, Théophile pénétra d'un pas mal assuré dans la pièce circulaire qui s'ouvrait devant lui. Elle était immense. Son plafond plat était soutenu par plusieurs dizaines de colonnes de style dorique assez sobre. Ses murs massifs étaient recouverts de stuc blanc parfaitement conservé. Le dallage du sol contrastait avec l'architecture générale du labyrinthe. Carreaux d'argile rouge et dalles de calcaire blanc étaient agencés sans logique apparente, de manière aléatoire. Pour une fois, il n'y avait qu'une seule sortie en face de Théophile. Il n'y avait qu'une trentaine de mètres à franchir pour atteindre l'imposante ouverture sombre qui lui faisait face. Prudemment, le jeune homme avançait pas à pas, tous les sens en éveil, à l'affût de la moindre menace. Arrivé au centre de la salle en prenant soin de ne marcher que sur les carreaux blancs, il vit un énorme monolithe obturer la sortie dans un immense fracas. Déconcentré, Théophile ne remarqua pas l'ombre qui se mouvait furtivement dans son dos. En un instant, son sac à dos tomba au sol et il ressentit une douleur vive entre les omoplates. Se retournant promptement, il eut beau scruter les lieux faiblement éclairés par les lampes à huile, il ne vit rien d'autre que le bloc de pierre qui bouchait l'entrée. Il était pris au piège. Les lanières de son sac avaient été coupées net, tout comme la peau de son dos. Quatre sillons ensanglantés la zébraient, comme si un chat géant l'avait griffée. Il n'était pas si loin de la vérité. En un instant, toutes les lumières s'éteignirent, plongeant la pièce dans une obscurité totale. La kalachnikov AK74 qu'il lui restait ne serait d'aucune utilité dans ces conditions. Théophile tenta vainement de tirer une rafale à trois cent soixante degrés mais il essuya deux nouvelles attaques qui lui balafrèrent le visage. Son ennemi semblait cumuler tous les avantages : furtivité, rapidité, force colossale et vision nocturne. Une autre attaque projeta le Français au sol. Après avoir appuyé sur un carreau rouge (reconnaissable à son toucher lisse et poreux), il sentit le souffle d'une flèche venue de nulle part fendant l'air à quelques centimètres de sa tête. Le « jeu » se compliquait décidément encore. Son adversaire ayant une allonge importante, Théophile utilisa la baïonnette de l'AK74 pour le combattre tout en le tenant à distance. Du moins le croyait-il. Tandis que le canon de son fusil d'assaut se faisait couper en deux, un coup violent lui perfora l'abdomen...par derrière ! Il y avait donc au moins deux combattants face à lui. Tirant parti de la forêt de colonnes l'entourant, Théophile s'adossa à l'une d'elle et ôta ses chaussures. Le large pilier forçait l'ennemi à une attaque par devant, limitant la zone de combat à cent quatre-vingts degrés. Pieds nus, Théophile pouvait en outre sentir le type de dalle l'entourant. À l'arrivée des assaillants, il lâcha une de ses chaussures sur un carreau rouge : la flèche transperça l'un des ennemis qui s'effondra dans un bruit sourd. Parant péniblement les coups de griffes à l'aide de son couteau de combat, le jeune homme n'en menait pas large. Il lui fallait ruser encore pour compenser son infériorité. Il tendit alors un fil en nylon entre deux colonnes. Dans son empressement, l'un des guerriers tomba et Théophile en profita pour l'attaquer au couteau. Comme il l'avait imaginé, un autre assaillant prit le parti de l'attaquer en même temps dans le dos. Il reçut une balle qui le stoppa net. Le soldat au sol eut cependant le temps de s'enfuir. La lutte acharnée se poursuivit encore un bon moment. Théophile peinait de plus en plus à se défendre, et chacune de ses faiblesses était mise à profit par ses ennemis pour lui infliger de nouvelles blessures. Chacune d'elles l'affaiblissait un peu plus et le rendait plus vulnérable : le cercle vicieux était bouclé. Dans ce corps à corps éreintant, seul face à un nombre inconnu d'agresseurs, l'organisme de Théophile était mis à rude épreuve. Son moral en pâtissait. Pourtant, le Höllekämpfer l'avait formé au combat avec handicap. Il lui avait enseigné le ninjutsu et l'art de se battre dans la nuit noire. Préparé aux affrontements en aveugle, Théophile ne s'en sortait néanmoins pas très bien. Le nombre des assaillants ne constituait pas un réel problème. S'ils avaient été humains, le Français aurait eu toutes ses chances. Après vingt minutes assez intenses, le corps du Blondinet commença à céder. En plus des innombrables plaies sanguinolentes qui le zébrait en totalité, Théophile devait gérer sa douloureuse voûte plantaire écorchée et surtout les crampes et vertiges liés au manque d'eau et de sucres. Même si ses précédentes blessures avaient miraculeusement disparu, l'épuisement de son organisme, lui, était toujours là. Le fils Amadès se prit à douter de lui-même, de sa capacité à surmonter ces épreuves. Ce n'était que la première et c'était déjà mal engagé. Comment Thésée avait-il survécu à ces lieux ? Cette question avait furtivement traversé l'esprit du jeune homme. À bout de force, il repensa aux conseils de son instructeur aux Enfers.

« Pour vaincre un adversaire, il ne faut pas uniquement viser ses points faibles mais aussi ses points forts. C'est ceux-là qu'il pensera le moins à protéger et c'est cela qui le mènera à sa perte ».

Saisissant sa puissante lampe torche, Théophile illumina ses assaillants. Éblouis, ils relevèrent leurs pattes avant pour se protéger de la lumière. Cela permit au Français de mettre une balle entre leurs deux yeux luisants. À peine leurs cadavres avaient-ils heurté le sol qu'ils disparurent pour être remplacés par d'autres soldats. Chacun d'eux semblait sortir d'une colonne. Après avoir vidé son chargeur et éliminé une quinzaine de démons à tête de lion, le Blondinet, à court de munition, dut retourner à son sac à dos resté au centre de la pièce. Les pieds ensanglantés, il s'élança en direction de son barda. C'était sans compter sur ses ennemis. Encerclé, sa lampe torche ne lui permit pas d'échapper à l'affrontement frontal. Fauchées, ses jambes flageolantes cédèrent. Lâchant sa torche lors de sa chute, il la vit se faire réduire en miettes par ses adversaires. Plongé à nouveau dans l'obscurité, dos au sol, Théophile se savait en situation délicate mais pas désespérée. Attaquer une personne au sol n'est pas si simple car se pencher vers lui immobilise les jambes qui se trouvent à portée de ses mains. En effet, le Français n'eut aucune difficulté à taillader quelques chevilles tout en tournant sur lui-même afin de ne pas exposer ses propres jambes. Profitant d'un moment de flottement chez ses adversaires, il se releva et courut vers son sac, oubliant les carreaux rouges. Une flèche plantée dans l'épaule, il s'effondra près de son barda. S'emparant du pistolet de détresse du bateau de Kémal, il fit feu sur l'un des démons à tête de lion qui lui fonçaient dessus. Éblouis par la lumière aveuglante de la fusée éclairante, les belligérants furent aisément supprimés par Théophile qui avait pu recharger son semi-automatique. Après leur mort, leur image s'imprimait en couleur ocre sur le stuc de la salle. Le Blondinet en dénombra trente-cinq. Le calme revenu ne présageait rien de bon. Une fois la flèche retirée de son épaule, Théophile se dirigea vers la sortie qui était toujours bloquée. Tandis qu'il cherchait un mécanisme ou un moyen quelconque de sortir, il sentit un liquide froid sous ses pieds endoloris. Des jets d'eau fusaient depuis le haut des murs et le niveau montait assez vite. Sa besace ne contenant plus aucun explosif ou quoi que ce soit d'assez puissant pour rouvrir le passage, le jeune homme se sentait bien dépourvu. C'est alors qu'il vit les orifices par lesquels l'air était chassé. Tant bien que mal, il les boucha à l'aide de morceaux de stuc. L'air ne pouvant plus sortir et n'étant pas compressible indéfiniment, l'eau monta moins vite et moins haut. Il s'agissait toutefois d'un pis-aller. Théophile devait fournir des efforts pour maintenir sa tête hors de l'eau et la température de cette dernière n'avait rien d'estival. Luttant contre l'engourdissement de ses muscles, le fils Amadès fixait désespérément le rocher qui obturait la sortie. On ne pourrait pas lui reprocher de ne pas avoir donné le meilleur de lui-même dans cette aventure. Mais là, la messe semblait dite. Pourquoi s'était-il obstiné ? Il ne le savait pas. Même s'il s'en sortait, il lui resterait encore deux épreuves à surmonter. Étant donné la difficulté de la première, il ne fallait pas s'attendre à une promenade de santé. Perdant pied au sens propre comme figuré, Théophile finit par trouver la faille. Le stuc, sous l'effet de l'humidité, commençait à s'effriter, laissant apparaître la maçonnerie cachée derrière. Des blocs de pierres irréguliers étaient liés à la chaux. Par endroit, de l'argile apparaissait vraisemblablement pour des raisons d'étanchéité. S'attaquant au mortier friable avec son couteau de combat, Théophile parvint à contourner le monolithe en perçant le mur juste à côté. Après avoir enlevé la première couche de pierres, il lui fallut encore creuser dans la couche d'argile pour finalement pousser les blocs donnant sur le couloir derrière la massive dalle. Exténué, il laissa l'eau submerger la galerie, déclenchant les pièges au passage. Frigorifié, il se frictionna le corps, blotti contre un mur. Ses plaies ne guérissant pas, il décida de faire une pause casse-croûte. Il dévora en quelques minutes les barres énergétiques que contenait son sac à dos trempé. Après avoir bu la tasse à la piscine, il n'avait plus soif. Sa kalachnikov, bien que mouillée, tirait encore mais il ne lui restait qu'un chargeur de trente balles. Son pistolet semi-automatique était HS et il était pieds nus. Ne pouvant rebrousser chemin, il se releva péniblement et se remit en marche. Son pas lent ne s'expliquait pas seulement par les plaies douloureuses qui refusaient de cicatriser. Son moral avait aussi pris un coup. Des flèches éparpillées et des lames tranchantes encastrées dans les murs rompaient la monotonie du trajet. Pourtant, il n'y avait guère qu'une cinquantaine de mètres à parcourir pour atteindre la seconde salle. Mais Théophile en avait assez de ce labyrinthe. Avant de pénétrer dans la pièce surmontée d'une coupole à la manière des bories provençales, il vérifia l'entrée. Aucun bloc monumental ne s'apprêtait à l'obstruer. Était-ce forcément bon signe ? La salle dans laquelle il pénétra, aussi vaste que la précédente, présentait un aspect plus rustique : gros blocs de pierre irréguliers, agencés sans mortier, sol grossièrement taillé à même la roche, absence de colonne, de stuc ou quelque décoration que ce soit. À peine était-il entré que de lourdes et épaisses barres de bronze entravèrent les deux portails. Observant les barreaux horizontaux espacés d'une quinzaine de centimètres, Théophile, désabusé, se contenta d'un soupir. Marcher sur un parterre d'arêtes rocailleuses s'insinuant dans ses pieds crevassés contribuait un peu plus à son calvaire. Il n'avait pas fait cinq mètres, qu'il fut projeté violemment contre la muraille à sa gauche. Sonné, il crut tout d'abord que son cerveau lui jouait des tours. En levant les yeux, il vit trois chevreuils ailés qui l'observaient. Leur apparence douce était trompeuse. Grâce à leurs puissantes ailes, ils pouvaient générer des rafales dévastatrices. Théophile n'allait pas tarder à s'en apercevoir. Ballotté comme une poupée de chiffon, il voltigeait à travers toute la pièce pour s'écraser contre les parois. Il tenta d'abattre les sales bestioles : elles n'étaient qu'à une vingtaine de mètres, pas bien loin, même pour une kalachnikov à canon scié. Et pourtant, il tira en vain. Les balles dévièrent toutes de leur trajectoire à cause du vent. Théophile connaissait bien le mistral provençal, mais là il se serait cru dans une soufflerie industrielle. La forme arrondie de la salle n'offrait aucun recoin où s'abriter. Les aspérités des murs de pierres ne suffisaient pas pour s'agripper ou planter un couteau en guise de point de fixation. Pour couronner le tout, l'air avait une drôle d'odeur qui donnait envie de dormir : du pavot ! Il fallait à tout prix que Théophile sorte de ce guêpier avant de perdre connaissance. Le seul point faible était le sortie. Saisissant sa corde d'alpinisme, il s'attacha aux barreaux de bronze. Se servant du reste de corde et de sa kalachnikov, il improvisa un garrot qui lui permit de tordre deux barres en leur milieu, laissant un espace suffisant pour s'enfuir. Mais la partie n'était pas gagnée. Aux claquements légers et vifs des sabots des trois cervidés, Théophile se retourna. Visiblement mécontents de la tournure que prenaient les événements, le trio se mit à raire. Tenant à peine sur ses jambes, l'esprit embrumé par les fumées d'opium, le Français ne comprit même pas ce qu'il allait lui arriver. L'un des chevreuils sectionna d'un coup de dent la corde qui retenait le jeune homme.

Puis les trois bêtes poilues déployèrent de concert leurs larges ailes brunes pour engendrer un tourbillon si violent qu'il propulsa Théophile à l'autre bout du dernier couloir, à plus de cent mètres. Le corps du Blondinet se fracassa contre un mur massif et il perdit connaissance. C'était peut-être mieux ainsi. En effet, quelques heures plus tard, le réveil s'avéra difficile. À la terrible migraine, s'ajoutaient des douleurs dans tout le corps. Après avoir eu les chairs tailladées lors de la première épreuve, les os brisés lors de la seconde, Théophile n'osait imaginer ce que lui réservait la troisième. Il avait essayé de se réceptionner sur les pieds pour limiter les dégâts, mais les résultats de sa stratégie étaient mitigés. La fracture ouverte de son péroné droit laissait apparaître un bout d'os biseauté ayant percé la peau. Étrangement, le tibia semblait intact, ce qui est plutôt rare avec ce type de traumatisme. Son poignet droit, cassé, le lancinait. Sa boîte crânienne, bien que cabossée, avait tenu le choc. En revanche, ses côtes avaient souffert. Et surtout, aucune de ses blessures ne voulait guérir. Pourquoi cela ne fonctionnait-il plus ? Quoi qu'il en fut, Théophile dut s'en remettre aux bonnes vieilles méthodes et vida sa trousse à pharmacie. C'était d'ailleurs à peu près tout ce que son sac contenait encore. Pas vraiment pressé d'affronter la suite, il prit tout son temps pour recoller les morceaux. Il commença par sa dernière injection d'antibiotiques. Puis il désinfecta sa jambe droite et rentra l'os pour le repositionner. Il ne put retenir un râle plaintif. Après avoir fixé le tout avec atèle et bandages, il fit de même pour son poignet avant de passer à la couture. Faute d'une quantité suffisante de fil, il dut se contenter de suturer les plaies principales à l'abdomen. Pour les autres, les pansements ne suffirent pas non plus.

« Je ne pensais de toute évidence pas me faire amocher à ce point quand j'ai préparé la trousse de secours », ironisa le jeune homme intérieurement.

Loin d'avoir retrouvé le moral, il s'était résigné. Après être allé aussi loin, il ne pouvait que continuer. Mais avec quel matériel ? En faisant le point, il se dit qu'il voyagerait léger vers l'au-delà : un couteau de combat, une corde, une kalachnikov sans baïonnette ni munition, un sac à dos quasi vide, un couteau suisse, une boussole et un briquet. Utilisant le tissu de son pantalon, il confectionna des « chaussures » de fortune. Il finissait donc torse nu, en short mais pas pieds nus. Revenant sur ses pas, il actionna deux pièges et récupéra quelques flèches et une hache en silex, histoire de ne pas arriver les mains vides pour le clou du spectacle. La scène suivante aurait presque pu passer pour une reconstitution historique à la sauce des Monty Python mais en beaucoup moins drôle. La dernière salle suivait, du point de vue architectural, la logique des deux précédentes. La première arène était en pierres taillées et décorées, la seconde avait des murs grossiers et la troisième n'avait plus de mur ! En fait, les parois étaient constituées de troncs de cyprès massifs non écorcés supportant de lourdes traverses de la même essence surmontées d'un plafond en petits rondins. La pièce, limitée par la longueur des cyprès, était de taille modeste. Autres différences avec les deux premières, elle ne possédait aucune sortie et une couche de sable blanc d'une quinzaine de centimètres recouvrait le sol. Au centre, se dressait le dernier combattant que Théophile devait affronter. Le jeune homme avait retenu la leçon tirée des deux premières épreuves : moins il y a d'adversaires et plus ils sont forts. Sans grand optimisme, il pénétra dans ce qui risquait de devenir sa dernière demeure. De lourds poteaux de bois vinrent clore l'entrée, scellant le sort du Blondinet. Face à lui, une guerrière d'aspect relativement inoffensif. Malgré sa petite taille et son armement rudimentaire comprenant un petit bouclier de bois et une courte épée en bronze, le jeune Amadès ne la sous-estimait pas. D'autant que la pâleur cadavérique de sa peau, son visage fermé et son regard froid ne laissait rien augurer de bon. Disparaissant soudainement, l'épéiste réapparut dans le dos de Théophile qui ne parvint pas à parer efficacement le tranchant de son glaive. Par chance, la plaie dorsale ne fut que superficielle : la kalachnikov qu'il portait en bandoulière avait accusé le coup à sa place, terminant coupée en deux. Le « la » était donné. Face à une adversaire aussi rapide et précise, et compte tenu de son propre état physique, le Français savait que son cerveau serait sa meilleure arme. Pour éviter une nouvelle attaque par derrière, il se positionna contre le mur de rondins. Pour économiser ses forces, il resta statique. Enfin, son flanc droit étant le plus vulnérable, il anticipait de quel côté l'assaillante aller frapper. Dans un premier temps, sa stratégie sembla porter ses fruits. D'un coup de hache, il trancha le bras de la guerrière qui perdit son bouclier par la même occasion. À ce moment-là, Théophile prit malheureusement conscience de la véritable force de son opposante. Pas la moindre goutte de sang ne perlait de son membre coupé et, pire encore, il lui suffit de remettre son bras en place pour qu'il se ressoude instantanément ! Un peu jaloux de ses capacités de régénération, le jeune homme devait trouver une solution. Ayant fermement attaché son couteau de combat sur la face extérieure de son poignet et avant-bras droits, il pouvait parer et attaquer malgré sa fracture. Pendant une quinzaine de minutes, il parvint à tenir tête à la prêtresse zombie. Bien que n'ayant subi aucune nouvelle blessure, il finirait par céder à l'usure. L'éprouvant corps à corps mettait ses muscles à rude épreuve et son adversaire paraissait inépuisable. Sachant très bien que la partie était fichue pour lui, Théophile remarqua le nombre impressionnant de lampes à huile éclairant les lieux. Une idée germa alors dans son esprit. Après avoir eu droit à l'eau glacée durant la première épreuve, au vent glacial durant la seconde, il semblait qu'une fin brûlante l'attendait pour la troisième. Donc, même s'il l'emportait sur son adversaire, il finirait brûlé vif. Alors pourquoi attendre ? Saisissant une lampe, il aspergea le mur d'huile et l'alluma : le briquet s'était en fin de compte avéré utile. Constatant que la guerrière se tenait à l'écart des flammes, il poursuivit son œuvre de pyromane. Au milieu du brasier qui consumait avidement l'ensemble de la structure, et en particulier, les petits rondins du plafond, la phase ultime de l'affrontement débuta. La chaleur suffocante au parfum boisé de cyprès ne réussissait pas au jeune Amadès. Sa respiration haletante due au manque d'oxygène consommé par les flammes s'accompagnait d'une abondante transpiration. La sueur dégoulinait sur son visage écarlate et son torse aux reflets orangés. Son adversaire, elle, ne perdait pas une goutte. Une fois de plus, c'est elle qui attaqua. Tentant stupidement une seconde fois son attaque éclair par derrière, elle essuya un violent coup de pied frontal qui la projeta contre le mur de flammes. Le ruban de son nœud sacré fut le premier à s'enflammer, puis tout son corps s'embrasa pour retourner à la poussière en quelques secondes. Théophile ne savoura pas cette victoire inespérée. Sa jambe droite, sur laquelle il avait dû prendre appui pour son dernier coup, le faisait souffrir. Quitte à être assis sur du sable chaud, il aurait préféré une plage en bord de mer. L'air se raréfiait. Les fumées irritaient ses yeux et ses bronches. Il commençait à étouffer et ne trouvait pas de sortie. En outre, le plafond commençait à tomber sous forme d'une pluie de braises ardentes. Levant les yeux au ciel, Théophile nota qu'il brûlait plus vite que les murs. Beaucoup plus vite. Il devait donc y avoir de l'air entrant par en haut. Nouant hâtivement sa corde d'alpinisme au manche de la hache en bronze, il lança le tout à travers le plancher en flammes. La hache retomba de l'autre côté de la poutre centrale, ce qui permit à Théophile de grimper péniblement dessus. De là-haut il entrevit enfin la sortie : un tout petit trou d'homme creusé dans la roche. Réunissant ses dernières forces, il se jeta à l'intérieur et s'évanouit presque aussitôt. Lorsqu'il reprit connaissance, une douleur intenable l'assaillit. Observant, quatre mètres au-dessus de lui, le trou par lequel il s'était écrasé sur la roche dure, il comprit pourquoi son humérus droit était brisé. Recouvrant lentement ses esprits, il parvint à s'adosser à une paroi. Son corps meurtri ne pouvait faire mieux que rester assis. De là, il pouvait au moins embrasser du regard l'ensemble de la pièce. Celle-ci contrastait avec l'architecture monumentale du labyrinthe. De forme cubique, intégralement taillée dans la roche, sans fioriture, elle ressemblait à une cellule dans les oubliettes d'un château. L'humidité suintant des murs ajoutait encore à la froideur des lieux. Au centre de la geôle d'une dizaine de mètres carrés, trônait une statue d'argile cuite. Son aspect terrifiant parachevait l'allure sinistre de l'endroit. Mesurant environ un mètre quatre-vingts, ce qui était sûrement considéré comme grand à l'époque minoenne, elle représentait un monstre anthropomorphe au visage démoniaque défiguré par la colère. Sa tête captivait le regard. Surmonté de courtes cornes lisses recourbées vers l'arrière (relevant plus de la chèvre que du taureau) baignant dans une mer foisonnante de longs cheveux bouclés, le front était délimité par deux grands yeux ronds au bourrelet sus-orbitaire particulièrement saillant. La gueule du monstre ressemblait à s'y méprendre à la hure d'un sanglier : un large et puissant groin hérissé de longues canines. La seule différence résidait dans la peau glabre du démon. Le plus étrange, ou peut-être le plus intriguant, se situait dans l'expression du visage. On aurait pu croire à un instantané. Comme si le monstre avait été figé en plein mouvement. C'était d'ailleurs peut-être le cas. Comment expliquer autrement le réalisme des traits du visage mais aussi des muscles proéminents du corps. Chaque veine, chaque creux, chaque pli apparaissait distinctement. Aucun détail ne manquait. Il ne restait plus qu'à le délivrer de sa gangue d'argile. Les conseils et éclaircissements de Diktynna s'avérèrent cruciaux. Comme l'avait prédit la déesse, le sang de Théophile permit d'effectuer le rituel. En effet, le jeune homme avait le sang de suffisamment de personnes sur les mains pour réaliser le sortilège de descellement. Après avoir redessiné de mémoire les symboles gravés sur les amulettes, le Français chanta les paroles correspondantes. Il s'attendait à quelque chose d'extraordinaire et fut particulièrement déçu. La croûte d'argile se fissura simplement et un corps en jaillit subitement. Là aussi, nouvelle déception. Le corps qui gisait sans vie aux pieds de Théophile ne ressemblait pas à la statue. Il s'agissait juste d'un homme de prime abord banal. Pour compliquer un peu plus les choses, il refusa de se réveiller malgré les cris et les secousses du Blondinet. Il fallait maintenant réfléchir à sortir de là. Mais comment ? La question se posait d'autant plus que Théophile ne voyait aucune autre issue que le trou d'homme. Pourtant, le démon n'aurait pas pu entrer par là. Il y avait forcément un autre passage. En examinant attentivement les parois, le jeune homme finit par trouver un liseré de mortier à la chaux délimitant le pourtour d'une large dalle de pierre. Avec son couteau de combat déjà bien élimé, il entreprit de gratter pour ôter le joint puis de faire levier jusqu'à ce que le monolithe s'effondre dans un fracas assourdissant. Bien que lui ayant promis de l'attendre à la sortie, Diktynna n'était pas dans le couloir qui venait d'apparaître. Théophile allait devoir transporter seul son nouveau compagnon. Utilisant le reste de son pantalon, il l'attacha sur son dos. Le contact de la peau glacée de l'inconnu le fit frissonner. Commença alors une longue marche à cloche pied dans la souffrance avec la paroi du labyrinthe pour seul soutien. Évitant tant bien que mal les objets pointus et tranchants jalonnant le parcours, Théophile erra longuement dans les couloirs sombres. Sa montre cassée, il perdit la notion de temps. Il ne sentait plus ses pieds dont le sang avait complètement imbibé le tissu de ses chaussures improvisées. Vêtu d'un simple slip et d'un sac à dos vide, il tremblait de froid ou de fièvre. Arrivé devant une nouvelle fosse garnie de pieux, épuisé, il céda au découragement. Posant son fardeau au sol, il s'assit à côté. Désespéré, abattu, fatigué par toutes ces épreuves, il se changea les idées en concentrant son attention sur le colis qu'il s'acharnait à transporter. À y regarder de plus près, l'être allongé là n'avait pas l'air si humain. En tous cas, son apparence physique n'était pas celle d'un homme moderne. Mesurant approximativement un mètre soixante-dix, il pesait facilement quatre-vingt-dix kilos. Son corps trapu aux nombreuses cicatrices laissait imaginer une force physique impressionnante. Sa peau mate, ses cheveux bruns longs et bouclés et ses yeux anthracite lui conféraient un aspect méditerranéen. Toutefois, son visage quasi simiesque racontait une autre histoire. Un front fuyant, une face allongée marquée par un prognathisme évident, l'absence de menton, un nez imposant, un bourrelet sus-orbitaire continu : tout rapprochait cet être de l'homme de Neandertal. Intrigué, Théophile tâta son crâne. La forme en ballon de rugby de la partie arrière de ce dernier confirma sa première impression. Décidément, le jeune Français aurait eu droit à tout dans ce fichu labyrinthe ! Même à une espèce d'hominidés disparue depuis plus de trente mille ans. Après ce bref interlude, la morosité reprit le dessus. Afin de penser à autre chose, Théophile attacha son reste de corde autour de l'inconnu. Se servant de lui comme d'un lest, il descendit trois mètres plus bas dans la fosse. Là, il coupa les pieux à la hache. Rassemblant toutes les piques, il construisit une rampe qui lui permit de sortir de l'autre côté tout en tractant son « ancêtre ». Le jeune homme commençait à accepter la fatalité : il ne parviendrait pas à quitter ce lieu. En proie à une certaine désespérance, il sursauta au vacarme provenant de quelques mètres plus loin. Avançant prudemment, hache à la main, il lui fallut attendre que la poussière retombe pour enfin voir le trou béant qui donnait sur le premier étage du dédale. Les dieux avaient-ils finalement exaucé sa prière ? Vigilant, Théophile patienta quelques instants avant d'escalader, son fardeau sur le dos, la tas de gravas menant à la partie supérieure de l'édifice. Mais quelle pouvait bien être la cause de cet effondrement ?

Le chef des Minoens, talonné de près par Daphné, commençait à s'impatienter. Il marchait depuis des heures, avait déclenché d'innombrables pièges pour rien. Non seulement la double hache n'était toujours pas en vue, mais le tête de serpent n'avait pas encore été rejoint par ses hommes. L'impression de tourner en rond le rendait irritable. La prêtresse, impuissante, le suivait en silence. Elle n'accompagnait pas cet énergumène par plaisir. Elle avançait sans grand enthousiasme, visage fermé, regard baissé. Seule en son for intérieur, elle repensait au passé et à la suite d'événements qui l'avait conduite en ce lieu. Abandonnée par ses parents sur les marches d'une église quand elle n'était encore qu'un nourrisson, elle n'avait pas eu la chance de trouver une nouvelle famille. À l'orphelinat religieux, elle jouait les rebelles contre l'orthodoxie totalitaire des sœurs. Elles n'étaient pas toutes méchantes mais l'ordre militaire ne plaisait pas à la fillette. Refusant de se soumettre malgré les nombreuses punitions, Daphné trouvait du réconfort auprès d'une autre pensionnaire. Hélène avait le même âge qu'elle. Elles faisaient les quatre cents coups ensemble et ne manquaient pas d'imagination. La mère supérieure était leur cible favorite. Il faut dire qu'elle avait mauvais caractère. Un soir, elles avaient enflammé un bout de papier journal sur le pas de sa porte. La sœur avait sauté dessus pour éteindre le feu avec ses pieds. Elle comprit trop tard que le papier contenait des déjections canines particulièrement odorantes. Quelle rigolade ! Une autre fois, elles avaient scié les pieds de la chaise dans la salle de classe. Leur victime s'était retrouvée les quatre fers en l'air. Quel fou rire ! Et le coup de la bombe à eau ? Que de bons souvenirs ! Malheureusement, un jour, Daphné se retrouva seule. Hélène, chance inouïe pour une orpheline de son âge, fut adoptée par un jeune couple n'ayant pas les moyens pour deux enfants. Après une séparation poignante, les deux amies étaient restées en contact par courrier. Mais pour Daphné, ce n'était plus pareil. Sa joie de vivre avait fané. Elle avait honte d'éprouver de la jalousie. Pourquoi Hélène et pas elle ? Une petite année s'était écoulée et Hélène l'avait déjà remplacée. Elle n'écrivait plus et s'était fait de nouvelles amies à l'école. Daphné se sentait comme une criminelle condamnée à perpétuité. Et le sort s'acharnait encore. À presque quatorze ans, elle n'avait toujours pas eu ses menstruations. Un examen médical lui apprit alors qu'elle était née sans utérus. Elle qui était déjà née sans parent ! Prisonnière de l'orphelinat, privée de sa meilleure amie, maintenant, il ne lui restait vraiment plus rien. Pas même sa féminité. Sombrant dans la dépression, elle ne mangeait plus, n'étudiait plus, ne se levait plus. Alitée à l'infirmerie, à l'écart des autres enfants, elle se laissait mourir en silence à petit feu. Puisque la vie ne lui avait rien donné, la mort lui serait plus douce. Un beau matin, tandis qu'elle appréciait les rayons rougeoyants du soleil pour la dernière fois, pensait-elle, une vieille dame entra dans la pièce. De petite taille et plutôt rondouillarde, elle donnait l'impression d'être une gentille personne. Vêtue chichement, elle ne se souciait pas du regard des autres et prenait la vie du bon côté. Malgré les nombreux sillons laissés par les ans sur son visage fripé, ses yeux noisette pétillaient de malice et de vitalité. Saisissant une chaise en passant, elle vint s'asseoir au chevet de la jeune fille. En silence, elle contempla le soleil levant. La mère supérieure avait fait part à son amie de sa peine. Elle s'inquiétait vraiment pour Daphné. Malgré toutes les farces dont elle avait été victime, la sœur éprouvait de l'affection pour cette pauvre enfant. La voir décliner de jour en jour lui était insupportable. La vieille expliqua à Daphné l'objet de sa visite. Se sachant plus près de la sortie que de l'entrée, elle se cherchait un successeur. Comme Daphné, elle était orpheline. Ses parents avaient péri durant la seconde guerre mondiale. Blessée lors des bombardements alors qu'elle n'avait que deux ans, elle aurait aussi préféré mourir. En effet, suite à ses blessures, elle ne pouvait plus espérer devenir mère. C'est dans ce même orphelinat qu'elle avait rencontré la future mère supérieure. Leur amitié datait de cette époque. Elle comprenait, non, elle connaissait la souffrance de la jeune fille. Elle voulait lui offrir la même chance que celle qu'elle avait reçue à son âge : devenir prêtresse de la déesse mère antique. L'adolescente la regardait d'un air interrogateur pas franchement convaincu. La vieille dame l'avait alors suppliée d'accepter la dernière volonté d'une personne ayant déjà un pied dans la tombe. Daphné avait cédé. Quelques jours plus tard, elle intégrait une nouvelle famille. Il lui fallut un certain temps pour s'adapter à la vie monastique. Elle surprit ses condisciples en maîtrisant très vite les rudiments des danses et des chants rituels. Grâce au soutien de sa vieille marraine, elle reprit goût à la vie et intégra le groupe. Trois ans de joie passèrent jusqu'au décès soudain de la vieille dame. Daphné savait que ce jour viendrait mais cela ne changeait rien à sa peine. Sans elle, tout paraissait terne, fade. Daphné acheva son apprentissage sans conviction. Elle resta repliée sur elle-même pendant plus d'un an, jusqu'à l'arrivée d'Ariane. Dès le début, elle s'était sentie proche de la nouvelle recrue. Daphné avait ressenti le besoin de prendre l'adolescente sous son aile comme sa marraine l'avait fait pour elle. Très vite l'amitié devint de l'affection. Le lien qui unissait les deux filles relevait plus du lien filial que de la simple amitié. Mais Daphné ressentait une profonde sensation de vide. Ariane lui rappelait la fille qu'elle n'aurait jamais. Elle lui rappelait également les amies qu'elle avait perdues. Ariane lui parlait sans cesse de Promethos, son prince charmant. Daphné savait très bien qu'un jour, elle aussi l'abandonnerait. Elle fonderait probablement une famille. Daphné s'en voulait mais elle ne parvenait pas à se réjouir pour elle. Tout ce qu'elle ressentait consistait en un horrible mélange de jalousie et de sentiment d'infériorité. Un soir, elle décida de se changer les idées dans un bar. Elle voulait coucher avec le premier venu pour se prouver qu'elle était une femme. C'est ainsi qu'elle fit la connaissance du chef des séparatistes. Sans qualification, il avait quitté l'école à quatorze ans et (sur)vivait de petits boulots. Il ne supportait plus de devoir payer pour l'Europe mondialiste et ses ploutocrates. Lui se serrait la ceinture pour qu'eux puissent se gaver sur son dos. Sans compter le mépris de ces foutus technocrates. Pour eux, la Crête millénaire n'était rien de plus qu'un bronze-cul. Il était grand temps, selon lui, que la Crête renoue avec son glorieux passé, qu'elle soit à nouveau respectée. Il était prêt à tout pour atteindre cet idéal. Il n'avait rien à perdre, rien d'autre qu'une vie de merde.

Daphné éprouvait de la compassion et de l'admiration pour ce révolutionnaire. Comme elle, il souffrait d'une vie ingrate mais, lui, avait trouvé une cause à servir. L'alcool aidant, la jeune femme n'avait plus les idées claires mais la verve facile. À son tour, elle raconta ses misères à l'inconnu qui buvait ses paroles. Le lendemain, elle comprendrait qu'elle avait trop parlé. Se réveillant sur un matelas à l'arrière du bar, elle reprit rapidement le chemin du couvent. Malgré la sévère gueule de bois, elle devait se hâter car le soleil était déjà haut. Elle ne remarqua pas les hommes qui la suivaient et les mena jusqu'à ses condisciples. Sans la moindre pitié, les séparatistes torturèrent les sœurs pour obtenir des informations sur la hache à double lame et les moyens pour la retrouver. Certaines parlèrent, d'autres se turent mais toutes moururent. Horrifiée par ce massacre et sa propre culpabilité, Daphné proposa ses services au tête de serpent. Elle avait peur pour sa vie mais également pour celle d'Ariane. Il fallait qu'elle éloigne ces barbares avant le retour de sa protégée. S'en était suivi deux années d'errance avec les Minoens. Le groupe s'était agrandi, recrutant toutes sortes de cinglés assoiffés de sang. La prêtresse avait fini par être acceptée comme un membre à part entière mais cela avait pris du temps. Le chef l'avait regardée avec suspicion durant de longs mois. Elle ne laissait rien transparaître de son dégoût de la barbarie de ces hommes. Elle ne se faisait pas prier pour répondre à leurs questions. Elle partageait leurs propos haineux. En résumé, elle avait tout mis en œuvre pour s'attirer leur confiance car la vengeance est un plat qui se mange froid. Cherchant leur point faible, elle s'était vite rendu compte qu'ils n'en avaient pas. La magie noire à laquelle ils faisaient appel lui était inconnue et elle ne savait pas comment la contrer. Daphné se demandait encore comment faire payer ces monstres quand Théophile lança l'offensive dans la gorge étroite. Observant avec un plaisir certain les Minoens se faire massacrer, elle prit alors conscience du soutien que ce guerrier pourrait lui apporter. Ravie de voir la peur changer de camp, de voir les terroristes terrorisés, la prêtresse reprit espoir. Elle parvint à convaincre le tête de serpent d'épargner Théophile afin de l'interroger pour vérifier s'il n'avait pas des complices. Pendant ce temps, elle ouvrait le portail au reste du groupe, le menant vers la prison. En effet, l'attaque du Français contre elle lui avait ouvert les yeux. Si elle mourait, le chef des Minoens serait prisonnier de ce labyrinthe à jamais. Une punition bien pire que la mort tout à fait digne de ce salopard. Tandis qu'il lui tournait le dos, pestant contre ce dédale de couloirs, ce casse-tête inextricable, Daphné effaça d'un revers de manche le « U » ornant son front. Il ne lui restait plus qu'à expier ses péchés pour avoir trahi ses amies. La jeune femme s'apprêtait à se jeter dans la fosse aux pieux dressés s'étendant devant elle, mais une main chaleureuse l'en dissuada. Derrière elle se tenait Diktynna, un large sourire amical aux lèvres. La déesse prétendit être un « daimon », un esprit chargé de guider la prêtresse jusqu'à la hache sacrée afin qu'elle puisse la libérer. Elle invita donc les deux visiteurs à la suivre. D'un pas assuré, elle les conduisit jusqu'à une salle au trésor où s'amoncelaient un grand nombre d'objets hétéroclites. De la vaste pièce circulaire surmontée d'une coupole en lourds blocs de calcaire rectangulaires émanait une impression de contes de fées. Pendant un instant, le chef des séparatistes se prit pour Ali Baba devant la grotte des quarante voleurs. Le spectacle était grandiose. Les murs, richement décorés de fresques paysagères dépeignant la flore et la faune crétoise, sauvage et d'élevage, incitaient à s'évader de la morosité funeste du labyrinthe pour entrer dans le monde merveilleux de dame nature. Sous l'éclairage abondant des nombreuses lampes à huile, les objets précieux étincelaient, mis en valeur par les statuettes d'argile terne qui les jouxtaient. Les statues d'animaux ou de déesses présentaient des tailles variées : de la miniature à la grandeur nature. La poterie tenait également une place importante : pithoi remplis d'offrandes, kernoi, rhyta ou encore vases de Kamarès subtilement peints. L'or, le cuivre, l'onyx et autres matières précieuses unissaient leurs reflets pour offrir une scène magique. Le chef des Minoens n'y tenant plus, fit mine d'entrer. Diktynna lui barra le passage. Au fond de la pièce, se dressait une large double hache en bronze emmanchée sur une tige en bois peint, entourée d'une guirlande de pierres précieuses multicolores. Le tout était maintenu en place par un socle constitué de deux blocs de pierre semi-coniques enserrant le manche. Avant de pénétrer dans la salle, il fallait d'abord que Daphné descelle la hache. Diktynna tendit à la prêtresse une coupe contenant le sang des terroristes décédés. Puis elle la guida pour le rituel, grâce aux informations inscrites sur les amulettes que Théophile lui avait remises. Daphné faisait confiance à ce « daimon » sans pouvoir l'expliquer. Le rituel achevé, même si rien en apparence ne s'était passé, le tête de serpent put aller récupérer la hache. Sans se méfier, il marcha d'un pas décidé et une lourde dalle vint fermer l'entrée. Le prisonnier eut beau hurler, seul le silence lui répondit. Les deux femmes, un sourire plutôt satisfait aux lèvres, tournèrent les talons. Le terroriste comprit qu'il s'était fait avoir comme un bleu. Il entra dans une colère noire et jura de se venger. Il fit exploser la dalle avec du C4. Celle-ci s'effondra brutalement contre le mur du couloir engendrant un effet domino. En effet, le mur s'écroula à son tour et l'énorme monolithe du plafond tomba sur le sol. Ce dernier ne résista pas au choc et céda, ouvrant ainsi un passage à Théophile. Auscultant les lieux, le Blondinet qui peinait à reprendre son souffle, ne tarda pas à saisir la situation. Les traces laissées dans la poussière indiquaient que la déesse et la prêtresse étaient parties à gauche, probablement vers la sortie. Le séparatiste avait pris à droite, retournant sur ses pas. Il ne tarderait pas à s'apercevoir de son erreur et à repasser par là. Théophile se réfugia donc précipitamment dans la salle au trésor avec le Néandertalien. Tapis derrière les énormes pithoi, il entraperçut la silhouette fugace du Minoen. Celui-ci passa en courant, hache à la main. Son corps crispé de haine et son souffle enragé confortèrent le Français dans son choix de rester caché. À bout de force physiquement et moralement, il décida de rendre hommage à Promethos. Le jeune Crétois lui avait conseillé de prendre le temps de visiter sa magnifique île, de prendre des photos et quelques souvenirs. La beauté des objets autour de lui fit oublier à Théophile sa douleur. Saisissant son sac à dos, il ne put résister à la tentation. Après tout ce qu'il avait enduré, une petite compensation s'imposait. Son énorme sac militaire fut vite rempli : malheureusement, il ne pouvait tout emporter. C'est alors qu'il songea à la poche dorsale du sac, dans laquelle il avait rangé le téléphone portable de Promethos. En sa mémoire, il photographia l'ensemble de la pièce et des objets. En bon scientifique, il prit chaque item en photo sous différents angles. Enfin, cédant à sa curiosité, il ouvrit les pithoi scellés à la cire d'abeille. Certains contenaient des olives, d'autres de l'huile, d'autres du vin ou encore des céréales. Poussant sa démarche jusqu'au bout, le Blondinet goutta à tout. Le vin n'était pas acide mais très épais et parfumé au thym. Ce sirop ne correspondait pas vraiment à son goût. L'huile d'olive, pas rance malgré son âge, présentait un puissant et agréable parfum fruité. Les olives en revanche avaient fermenté et leur odeur ne donnait pas envie de s'y risquer. Le blé et l'orge étaient quant à eux bien conservés. Pas de vers, ni de traces de fermentation. Qui aurait cru que les anciens Crétois aient mis au point une méthode de stockage si efficace ? Affamé, Théophile se fit une ventrée de céréales accompagnée de vin chargé d'antibiotique naturel. Puis il vida le reste des grains dans son sac.

« Cela fera office de vermiculite pour la protection des poteries et, si je m'en sors, je pourrai toujours les semer pour voir ce que ça donne », pensa-t-il.

Encore fallait-il sortir de ce fichu labyrinthe. Reprenant courage, le fils Amadès se mit en route, loin derrière le terroriste. Avec un sac de trente kilos sur le torse et un macchabée de quatre-vingt-dix kilos sur le dos, il ne risquait pas de le rattraper ! Mais comme le dit la fable, rien ne sert de courir, il faut partir à point. S'appuyant autant que possible sur sa seule jambe valide et sur les murs, Théophile balisait son chemin d'une traînée de lymphe, de sueur et de sang suintant de sa jambe droite. Après deux bonnes heures de claudications, une éternité, il entendit un bruit familier. On se battait quelques mètres plus loin. S'approchant prudemment, il éprouva un profond soulagement en voyant la pièce d'entrée du labyrinthe. Mais bien sûr, les choses ne pouvaient pas être aussi simples. Diktynna, armée d'une double hache en silex, affrontait le tête de serpent. De toute évidence, l'issue du combat était incertaine. Le mercenaire d'Ophis semblait faire jeu égal avec la déesse. Théophile se mit à douter. Cet enfoiré était-il invincible ? Dans un coin, Daphné, éventrée, avait rampé jusqu'à Ariane. Celle-ci, les larmes aux yeux, tentait de la maintenir éveillée en lui parlant. Essuyant tendrement les larmes qui coulaient sur les joues de l'adolescente, Daphné, à bout de force, perdit connaissance, un sourire maternel aux lèvres. Ariane hurla de douleur et se mit à sangloter. Théophile n'en croyait pas ses yeux. Après tous ses efforts, le tête de serpent allait-il remporter la partie ? Impossible pour lui d'envisager une telle éventualité. Se repliant dans le couloir sans se faire remarquer, il réfléchit à toute allure à un plan. L'arme de Diktynna l'intriguait. Elle ne se brisait pas contre le bouclier invisible du séparatiste et paraissait beaucoup plus massive que ce que sa taille laissait imaginer. Cette hache faisait pourtant simplement partie des nombreux pièges maillant le labyrinthe. À moins que... L'esprit du Blondinet venait de s'éclairer. Diktynna lui avait parlé de sa mère emprisonnée par Minos. Elle était déjà vénérée au Néolithique quand le bronze n'existait pas. Cette hache en silex, cachée à la vue de tous au milieu des autres, contenait donc le pouvoir de la déesse mère. Que se passerait-il si elle venait à sortir de sa prison ? Selon Diktynna, il avait fallu le sang de mille personnes pour la sceller. Il restait à espérer que les mains du Néandertalien eussent pris autant de vies. Sans attendre, Théophile trancha la paume du démon inanimé et préleva un peu de sang. Puis il se précipita dans la salle et en enduisit la hache de Diktynna. Profitant de la surprise de son adversaire, le tête de serpent récupéra la hache d'un coup sec et envoya la déesse s'écraser contre la paroi. Le seul à rester debout était donc le champion d'Ophis, et il le savait. Avec son air supérieur, il méprisait la brochette qui était assise devant lui. Une déesse pas si puissante que ça, un combattant en lambeaux, son ex-prêtresse sans vie et une gamine en pleurs. Il se sentait tellement meilleur qu'eux. C'est alors qu'un rire tonitruant vint gâcher son plaisir. Théophile riait à gorge déployée devant les filles interloquées.

« Qu'est-ce qui te fait rire ? enragea le terroriste.

- Toi, pardi ! répondit gaiement l'intéressé. Tu crois avoir gagné mais tu te retrouves dans la même situation que nous.

- Je suis toujours debout, moi !

- Oui, et tu vas pouvoir le rester pour l'éternité, prisonnier de ces murs ! »

Comprenant soudain que le Français disait vrai, le tête de serpent resta sans voix. Profitant de son désarroi, Théophile lui suggéra d'utiliser la puissance de la hache sacrée pour ouvrir un passage vers l'extérieur. Bien sûr, il en fut incapable, ce qui le rendit encore plus irascible. Cette fois-ci, Théophile le tenait. Il lui fit remarquer que seule Diktynna était en mesure de libérer le pouvoir de la hache. S'il voulait sortir, il ne pouvait se passer d'elle. La déesse refusa catégoriquement jusqu'à ce que le Français lui fasse remarquer, clin d'œil à l'appui, qu'elle seule connaissait le sortilège de désenvoûtement utilisé par le roi Minos. Comprenant enfin où le jeune homme voulait en venir, elle ne se fit pas prier. Elle inscrivit sur son front, en lettre de sang, un symbole complexe inconnu. Puis elle entonna un chant aux sonorités archaïques. En un fraction de seconde, la hache se changea en cendres. Tout aussi rapidement, dans un tourbillon de poussière, une femme fit son apparition. Saluant d'abord sa fille dans une langue inconnue, elle s'approcha nonchalamment des deux prêtresses. En voyant son sourire bienveillant, Ariane cessa de pleurer. Sans crier gare, la déesse fit apparaître un serpent enroulé à son bras gauche. Celui-ci, tel un boa constrictor, se jeta sur le séparatiste et l'enserra. Apposant sa main droite sur le ventre de Daphné, la déesse mère aspira l'énergie du terroriste pour soigner sa servante qui guérit instantanément. Lorsque le serpent divin relâcha son étreinte, le tatouage du Minoen avait totalement disparu. En représailles, l'homme se précipita, couteau de combat à la main, sur la nouvelle venue. Diktynna s'interposa et lui brisa tous les os du corps, un à un. La chance avait enfin tourné. Sans ses pouvoir, l'homme qui la suppliait à genoux de l'épargner, n'était plus qu'un minable. Ses gémissements et ses suppliques ne convainquirent pas Diktynna qui lui arracha la tête.

Théophile, quant à lui, restait prudent. Diktynna ne l'avait pas attendu à l'étage inférieur, comme elle l'avait promis, et elle se serait sûrement échappée de ce lieu sans lui. Pouvait-il vraiment lui faire confiance ? Ses doutes s'évanouirent lorsqu'elle lui tendit la main pour l'aider à se relever. Reconnaissante pour l'aide précieuse que cet étranger lui avait apportée, elle lui laissa le temps de chercher ses deux fardeaux avant que Daphné ne rouvre le portail magique. Ballotté dans le vortex tourbillonnant, Théophile prit conscience de ce qu'une fourmi pouvait ressentir face à un aspirateur. Sans parler de l'atterrissage ! Au moins était-il enfin sorti du trou. Pour autant, était-il tiré d'affaire ?

Lorsque la petite troupe débarqua dans l'étroite gorge, il faisait nuit. Plus de vingt-quatre heures s'étaient écoulées depuis le départ d'Ariane et Théophile. Sans perdre un instant, Diktynna et sa mère décidèrent de partir de leur côté pour profiter de leur liberté retrouvée. Elles avaient tant de temps à rattraper, tant de choses à découvrir. Un monde nouveau, bien plus grand que celui qui fut le leur quelques millénaires plus tôt, s'offrait à elles. Après de brefs adieux, elles disparurent comme par enchantement. Hésitant un moment quant à la marche à suivre, accusant le contrecoup de cette folle mésaventure, les trois rescapés se dirigèrent vers le lieu où ils avaient laissé leurs amis la veille. Théophile, en retrait, suivait difficilement les deux ex-prêtresses. Pourtant, elles n'allaient pas vite. Surtout Ariane, dont la jambe endolorie freinait la progression. Daphné la soutenait. Arrivés au campement, ils ne trouvèrent pas âme qui vive. Observant les nombreuses traces entremêlées marquant le sol, Théophile déduisit que les secours étaient finalement intervenus. Ariane, à bout de force, refusa d'aller plus loin. Repensant à Promethos, elle fondit en larmes. Théophile, prétextant vouloir veiller sur elle, décida de camper sur place. Il s'agissait là d'une bonne excuse, car lui aussi ne parvenait plus à mettre un pied devant l'autre. Les filles l'avaient bien compris mais ne voulurent pas le blesser dans son orgueil masculin. Au petit matin, Daphné, la seule encore en bonne forme physique, partit en direction du refuge d'où elle appellerait les secours. Pendant qu'Ariane dormait paisiblement après avoir sangloté jusqu'à l'aurore, le Français s'interrogeait. Une certaine appréhension des événements à venir le tenaillait. Sa situation ne s'avérait pas aussi simple que celle d'Ariane. Il avait ramené un vrai butin de pirate (ou de pilleur de tombe) et un cadavre d'Homo neanderthalensis ! Comment allait-il pouvoir expliquer tout ça ? Et puis, il y avait de nombreux témoins de son intervention musclée pour secourir les otages. La police allait certainement le questionner. Inspirant profondément, Théophile fit retomber la pression et clarifia sa réflexion. Il ne voyait qu'une seule solution. Il fallait mettre en lieu sûr le trésor, le cadavre et le téléphone portable de Promethos chargé de preuves. Il lui restait environ deux heures avant que Daphné n'atteigne le refuge. Scrutant les alentours, le jeune estropié ne voyait que roches et cailloux. Poursuivant sa quête de la planque idéale, il parcourut encore quelques centaines de mètres avant de jeter son dévolu sur un éboulis à flanc de falaise. L'endroit était facilement identifiable et le tas de pierres assez gros pour y enfouir le macchabée et le sac à l'abri de la pluie. Ainsi fut dit, ainsi fut fait (non sans mal). Plusieurs heures passèrent avant qu'Ariane ne soit réveillée par le vacarme produit par les pales de l'hélicoptère des secouristes. Les deux blessés furent hélitreuillés à bord de l'appareil français (de la gamme écureuil) et transportés à l'hôpital de Héraklion. Dans la fournaise de la mi-journée, Théophile apprécia la brise générée par le vol, avant de s'évanouir.

À son réveil, un étrange sentiment de soulagement et de quiétude l'envahit. Il fait encore nuit et le jeune homme regarde paisiblement les lumières de la ville endormie. Puis il s'intéresse à la pièce où il est alité. Sa tête est lourde, son esprit encore embrumé. Il sent une douleur lointaine. Reprenant petit à petit le contrôle de son corps et de sa conscience, il s'aperçoit que la partie droite de son anatomie est figée. Jambe, poignet et bras sont immobilisés par le plâtre. Dans son bras gauche, deux perfusions : une pour la morphine et l'autre pour le liquide physiologique. Sur le côté, un drain récupère l'urine dans un sac. Soulevant lentement le drap, Théophile sourit en pensant qu'il ressemble à une momie. Il est couvert de bandages des pieds à la tête. Le bruit d'une respiration vient alors troubler sa pensée. Cherchant dans la pénombre l'origine du son, son regard se pose sur les pompes péristaltiques dont les voyants lumineux sont les seules choses distinguables dans la pièce. Théophile comprend qu'il y a trois autres patients dans « sa » chambre, avant de se rendormir. Lorsqu'il rouvrit les yeux quelques heures plus tard, une douce lumière baignait les lieux, les rendant plus accueillants que durant la nuit. Sa première vision fut celle de ses parents visiblement émus. Marie pleurait à chaudes larmes et Michel peinait à cacher son émotion. C'était la troisième fois en deux ans qu'ils venaient au chevet de leur fils et pour la première fois, il leur souriait.

« Sèche ces larmes, maman. Tu vas faire couler ton mascara. En plus, tu sais que ça ne te sied pas au teint, » lança-t-il, moqueur.

C'était sa façon à lui de leur montrer son bonheur de les voir. La chambre commune grouillait de monde. En face de lui, Daphné tenait compagnie à Ariane. Toutes les deux semblaient très complices. Ariane avait retrouvé le sourire, peut-être grâce à la personne dans le lit d'à côté : Promethos ! Le jeune Crétois venait de sortir du coma. Autour du lit à coté du sien, Théophile vit Vicky, Rhym et Kémal en béquilles. Pourquoi Isabelle ne les accompagnait-elle pas ? À qui pouvaient-ils rendre visite ? En voyant les époux Artois approcher, il comprit qu'Isabelle était alitée à côté de lui. Il l'avait pourtant laissée en parfaite forme physique. Que s'était-il donc passé ?

« Elle a essayé de se suicider en se tailladant les poignets. Elle est hors de danger mais ils la gardent en observation, » expliqua Michel à son fils.

Les parents d'Isabelle remercièrent le fils Amadès pour avoir aidé leur fille. Puis, comme tous les visiteurs, on les enjoignit à quitter les lieux. Un médecin, ancien de l'armée revenu au civil, entra alors en scène. Théophile sentit instinctivement que le courant aller passer rentre eux. Il commença son inspection par Promethos et donna le ton des conversations à venir.

« On ne t'a jamais dit que le plomb était mauvais pour la santé ? taquina-t-il, pince sans rire. Bon, la prochaine fois, évite de te tromper de marque de pruneau. Une chose est sûre : celui qui t'a opéré t'a sans aucun doute sauvé la vie. Je me demande bien qui cela peut être. »

Son regard en coin, en direction de Théophile, n'échappa à personne. Vint alors le tour d'Ariane.

« Ah ! Les femmes d'aujourd'hui ne savent plus rien faire. Comment as-tu pu te planter une aiguille à tricoter dans la jambe ? Avec un prénom comme le tien, les fils de laine, ça devrait te connaître. »

Reprenant son sérieux, il examina calmement Isabelle et

tenta de la rassurer par un « it will be fine, don't worry ». Enfin, le dernier mais non le moindre, Théophile passa sur le grill.

« Et voici notre grand gagnant ! Félicitations ! Depuis que je bosse ici (et ça fait longtemps, comme tu peux le voir à mes cheveux grisonnants), je n'ai encore jamais vu un patient en si piteux état. Voyons, par où commencer ? Multiples lésions sur l'ensemble du corps, plaie par balle à l'abdomen (on a d'ailleurs sorti un gros calibre), fractures ouvertes à l'humérus et au péroné droits, sept côtes brisées, fracture du poignet droit et plaie perforante à l'épaule droite. Voilà, je crois que c'est tout.

- Et qu'est-ce que je gagne ? titilla Théophile.

- Le droit à un séjour prolongé dans notre luxueux hôtel. »

Effectivement, une longue période de repos forcé commença pour le jeune Amadès. Isabelle fut la première à quitter la chambre. Elle d'habitude si bavarde n'avait pas prononcé le moindre mot en trois jours. Son ami l'avait tout de même sermonnée. Comment pouvait-elle laisser les violeurs gagner ? Pourquoi se comportait-elle de façon si égoïste ? Pensait-elle seulement à ceux qui l'aimaient, à leur souffrance de la voir dans cet état ? Théophile avait rempli sa part de leur marché, alors elle devait en faire autant. Et puis, si elle ne voulait pas que ce genre de problème se reproduise, elle n'avait qu'à devenir plus forte. Théophile lui recommanda des cours de MMA ou de Krav Maga. Sans un mot, ni un regard, Isabelle s'en était retournée en France avec ses parents visiblement inquiets. Ce fut ensuite le tour d'Ariane de quitter l'hôpital après deux semaines de convalescence. Boitillant légèrement, elle s'était installée chez Daphné, dans un petit appartement non loin de là. Daphné avait dégoté un petit boulot de femme de ménage et subvenait ainsi à leurs besoins. Ariane venait tous les jours rendre visite à Promethos avec de bons petits plats faits maison. Théophile l'enviait un peu d'autant que ses parents avaient dû rentrer en France pour raison professionnelle. Leur fils les avait rassurés et leur écrivait régulièrement. Les fouilles archéologiques ayant été annulées, Rhym, Vicky et Kémal étaient aussi repartis. Du coup, Théophile ne recevait pas beaucoup de visites. Il se sentit encore plus seul quand Promethos emménagea avec Daphné et Ariane. Ses collègues de chambrée n'ayant eu que des blessures aux tissus mous, leur guérison avait été moins longue. Le Blondinet dut patienter quatre mois pour une récupération totale. Ses côtes lui firent mal pendant près de deux mois. Il pouvait cependant s'estimer heureux qu'aucune n'ait perforé le poumon. Au bout d'un mois, les médecins lui enlevèrent le plâtre à la jambe mais il fallut attendre deux mois supplémentaires pour une consolidation totale de la fracture et une rééducation fructueuse. Idem pour le bras et le poignet. Lorsque le kiné ne s'occupait pas de lui, Théophile lisait mais il s'ennuyait parfois à tel point qu'il regrettait les venues incessantes de la police grecque durant sa première semaine d'hospitalisation. Heureusement, Daphné, Ariane et lui s'étaient entendus pour raconter la même version de l'histoire. Les terroristes les avaient contraints à se cacher dans une grotte avant d'en faire exploser l'entrée. Cela leur avait pris toute une journée pour dégager les gravas et sortir. Les séparatistes étaient alors déjà loin. Bien que les blessures de la jeune prêtresse et du Français ne coïncident pas avec cette histoire, les enquêteurs grecs s'en étaient contentés et avaient rapidement classé l'affaire. Il faut dire qu'ils n'avaient pas vraiment intérêt à se mettre à dos les autorités françaises, déjà bien peu satisfaites par leur gestion inefficace du problème. Comme personne n'était mort, qu'aucun corps n'avait été retrouvé, mieux valait ne pas faire de vague. En outre, si ce Français les avait débarrassés des séparatistes, les autorités grecques n'allaient pas s'en plaindre. Début novembre, après quatre mois de convalescence, Théophile quitta enfin l'hôpital. Ses parents voulaient qu'il rentre au plus tôt, mais il lui restait un dernier point à régler. Le temps automnal gris et humide contrastait avec l'été ensoleillé et sec. Les médecins crétois avaient fait du bon travail et le jeune homme, en pleine forme, se rendit à pied chez Daphné. Le petit logement était surpeuplé. Daphné avait retrouvé par hasard un de ses amis de l'orphelinat. C'était le seul garçon gentil avec elle. Il avait toujours été à ses petits soins, notamment lors de sa dépression. La jeune femme n'avait pas perdu de temps et sa grossesse commençait à se voir :

la vieille déesse mère avait exaucé son vœu le plus cher. Ariane n'était pas en reste. Promethos avait à peine déballé ses affaires qu'elle le violait déjà. L'adolescente ne pouvait plus attendre et était enceinte d'un mois. Le futur papa angoissait un peu. Il n'avait pas de travail, ne savait pas s'occuper d'un bébé et devait trouver un logement plus grand. En outre, Promethos ne se sentait pas à l'aise en ville et la campagne de la Messara lui manquait. Il accueillit donc avec plaisir la proposition du Français de partir en randonnée dans le Lassithi. Il pourrait ainsi se vider l'esprit. Ariane voulut les accompagner mais Théophile s'y opposa catégoriquement. C'était une sortie entre mecs, une sorte d'enterrement de vie de garçon. En partant aux aurores avec la voiture du petit ami de Daphné, les trois compères espéraient être de retour en début de soirée. Le compagnon de Daphné les accompagnerait tout en leur servant de chauffeur. En citadin accompli, le chauffeur s'essouffla rapidement lors de la randonnée mais Théophile avait d'autres tracasseries à l'esprit. Son butin était-il toujours là ? Allait-il réussir à ressusciter le macchabée ? Après trois heures de marche, il commença à pleuvoir. Cela n'affecta pas le Français qui pressa ses collègues. Tous les deux se demandaient ce que le fils Amadès leur cachait. Sur les coups de midi, l'objectif fut enfin atteint. À l'abri de la pluie, sous la falaise, les trois hommes déjeunèrent. Puis les deux Crétois aidèrent Théophile à dégager les pierres recouvrant le trésor. Cela leur prit moins de dix minutes alors que le Blondinet blessé avait mis plus d'une heure à les entasser. Par chance, tout était là, parfaitement conservé à l'abri de la pluie. La vue du corps nu du Néandertalien fit sursauter les deux Grecs. Un sourire en coin, Théophile décida de leur raconter toute l'histoire, images à l'appui. Récupérant le téléphone portable de Promethos et le branchant sur une batterie neuve, il leur fit découvrir l'intérieur du légendaire labyrinthe du Minotaure. Fascinés, ses auditeurs burent ses paroles dans un silence religieux. En guise de conclusion, le Français proposa un partage inéquitable des objets provenant de la salle au trésor. Chaque futur marié reçut un collier pour sa promise et quelques menus objets. Tirant profit de son hospitalisation, Théophile avait eu loisir à évaluer l'ensemble des pièces. Chacun des deux Crétois recevait ainsi près de cinq cent mille euros. Vint enfin le clou du spectacle : la résurrection du démon. Cette phase-là du programme intimidait le Blondinet. La technique était nouvelle pour lui. Il s'y était préparé en suivant les conseils épistolaires de Rodolphe le Maudit durant son séjour hospitalier. Le rituel ne posait guère de difficulté. Il consistait en deux entailles en forme de svastika, symbole du soleil et de la vie : l'une sur le torse du démon au niveau du sternum et l'autre dans la paume de la main de Théophile. La suite s'avérait moins évidente. Le Blondinet devait poser sa main sur le Néandertalien en faisant coïncider les marques, puis il devait transférer une partie de son énergie vitale au démon pour faire repartir la machine. Seul bémol : il n'avait aucune idée de comment s'y prendre. Rodolphe, lapidaire, lui avait écrit que ça viendrait tout seul le moment venu. Sauf que rien ne venait ! Le jeune homme avait beau se concentrer, fermer les yeux, appuyer de toutes ses forces : aucun changement ne se produisait. Exaspéré, il invectiva le cadavre.

« Tu as intérêt à te sortir le doigt du cul, parce que cette fois, je ne te porterai pas. Si tu ne te réveilles pas, je te laisse pourrir ici. »

Parfois, il arrive qu'en mettant un coup de pied dans une machine on la fasse redémarrer. C'est ce qui se passa ici. Le Néandertalien se releva soudainement en attrapant Théophile à la gorge. De sa main puissante, il le souleva comme une brindille. Les pieds pédalant dans le vide, le Français montra les ailes noires sur sa poitrine. Le colosse le reposa et libéra son cou avant de s'adresser à lui dans une langue inconnue. Théophile tenta de communiquer avec lui en différentes langues anciennes : grec, latin, sumérien, égyptien, acadien. Rien n'y fit. Faute de mieux, il lui mima ce qu'il attendait de lui. Tout d'abord, il lui donna des vêtements puis lui fit signe de suivre les trois randonneurs sur le chemin du retour. Après avoir passé trois mille sept cents ans enfermé dans le labyrinthe, le démon ne reconnaissait plus rien. Le monde avait tant changé. Il découvrit la voiture pour la première fois (et le mal des transports !). Une fois de retour à Héraklion, Théophile souhaita bonne chance à Ariane et Daphné avant d'être conduit au port. Là, Promethos lui avait déniché un bateau de pêche qui acceptait de les prendre à bord, lui et le démon. Après trois journées mouvementées sur la mer agitée, le capitaine les débarqua (contre quelques billets) sur la côte italienne, à la pointe sud de la botte. De là, les deux acolytes parcoururent à pieds les quelques kilomètres les séparant de la gare ferroviaire la plus proche. Et enfin, le train, après quelques changements, les amena jusqu'à Marseille, puis au cœur de la Provence. Théophile loua l'espace Schengen et l'absence de contrôles aux frontières. Il aurait été bien embêté s'il avait dû expliquer qui l'accompagnait. Les dernières heures de marche jusqu'au château de Ségestron lui parurent interminables. En plus, il faisait froid avec le mistral. Son compagnon de route avait fait preuve d'un calme olympien, en partie parce qu'il découvrait des nouveautés à chaque coin de rue. En passant le pont-levis, Théophile nota qu'il y avait eu du changement depuis son départ. Rodolphe avait fait venir quelques camions de terre mais n'avait pas encore planté les arbres. Il attendait le jeune homme, et puis la sainte Catherine n'était qu'à la fin du mois. Une autre nouveauté, de taille, allait surprendre le fils Amadès. Sabine avait emménagé dans le donjon. Devant les yeux ahuris de son invité, Rodolphe admit avoir tout dit à son institutrice. Elle avait d'abord éclaté de rire, croyant à une farce. Alors Rodolphe s'était ouvert la main avec un couteau et la plaie avait cicatrisé instantanément. Bien sûr, elle avait eu peur, mais ses sentiments pour le châtelain étaient les plus forts. En un sens, le fait qu'elle sache (et garde le secret) arrangeait tout le monde. S'empêtrer dans le mensonge n'est jamais bon. Sabine avait déjà préparé la chambre du démon. Elle semblait tout excitée à l'idée de côtoyer un Homo neanderthalensis parlant une langue inconnue. En échange de son aide, la jeune femme reçut un collier un peu poussiéreux mais qu'elle trouva très joli. Théophile n'eut pas le temps de faire la causette car on frappait déjà à la porte. C'était Isabelle qui avait accepté de lui servir de chauffeur. Elle refusa poliment l'invitation à entrer de l'institutrice, car elle n'aimait pas rouler de nuit. Théophile l'avait appelée car il voulait faire la surprise de son retour à ses parents. En discutant avec la fille Artois durant le trajet, le jeune homme constata que, décidément, beaucoup de choses avaient changé en son absence. Isabelle s'était mise au Krav Maga et aimait ça. Rhym et Kémal s'étaient fiancés. Vicky avait fait son « coming out ».

« Je n'aurais jamais cru qu'elle était gouine », s'étonna Théophile intérieurement.

Le voyage passa comme un rêve. Il faut dire que la jeune femme bavardait sans discontinuer, pour le plus grand plaisir de son ami d'enfance qui la retrouvait enfin égale à elle-même. Arrivés à la maison familiale, Isabelle sonna tandis que Théophile se cachait derrière elle. Quand Marie ouvrit la porte, son fils surgit et éclata de rire devant la réaction quasi hystérique de sa mère. La fille Artois ne put réprimer un sourire. Elle fut bien sûr invitée à manger en famille. Théophile profita du repas pour narguer l'étudiante en archéologie avec ses propres découvertes. Il lui montra, ainsi qu'à ses parents, les objets de la salle au trésor et en sortit quelques-uns de son sac. Il savait que sa mère en serait folle. Elle adorait chiner et ramener de vieilles babioles. Le rhyton et le kernos de toute beauté trouvèrent immédiatement leur place sur l'étagère du salon avec quelques figurines votives. Isabelle fit remarquer que leur place était dans un musée. Sans un mot, le Blondinet disposa sur la table les derniers bijoux qui restaient. Après en avoir bavé pour les ramener, il n'allait pas en faire don à un musée ! Toutefois, son amie d'enfance pouvait choisir le bijou qui lui plaisait le plus. Après tout, ces objets appartenaient à des morts qui n'en avaient plus l'utilité. Alors place aux vivants ! Touchée, Isabelle attacha autour de son cou un collier aux pierres multicolores, qui avait immédiatement captivé son regard.

« Comment me va-t-il ? demanda-t-elle un peu gênée.

- À une jolie fille comme toi, tout va toujours bien. Tu le sais, n'est-ce pas ? »

Sur ces dernières paroles de Théophile, la vie (presque) normale reprit son cours, du moins jusqu'à la prochaine fois...

Dépôt légal : Août 2017
G.S. - 355 chemin de la montagne - 84570 Villes-sur-Auzon
France
georges.scholer@hotmail.com
ISBN 978-2-9561429-0-4

www.ingramcontent.com/pod-product-compliance
Lightning Source LLC
Chambersburg PA
CBHW070500130626
46555CB00003B/1096